それでもデミアンは一人なのか？

Still Does Demian Have Only One Brain?

森 博嗣

講談社
タイガ

［カバー写真］
Jeanloup Sieff

［カバーデザイン］
鈴木成一デザイン室

目次

Still Does Demian Have Only One Brain?

by

MORI Hiroshi

2019

それでもデミアンは一人なのか?

ポニェッツは心のなかで息をつめた。「御前さま、肉体が没収される時、その人間の魂に対してお慈悲を垂れてください。かれは生命が危険に陥って以来ずっと、霊的な慰めから隔てられております。今でさえも、万物を統べたもう御霊のもとに準備なしに行く運命に直面しております」

(Foundation / Isaac Asimov)

登場人物

デミアン ------------------------------------ 戦士
グアト ---------------------------------- 楽器職人
ロジ -- 技師
ビーヤ ------------------------------------- 大家
イェオリ ------------------------------------ 作家
ヘルゲン ---------------------------------- 捜査官
ヴォッシュ ------------------------------- 科学者
ペィシェンス ----------------------------- 助手
セリン ------------------------------- 情報局員
ミュラ ------------------------------------- 館長
カンマパ ------------------------- ナクチュ区長
モレル ------------------------------------ 資産家
オーロラ ------------------------------- 人工知能

プロローグ

その男は、礼儀正しく一礼した。日本人の挨拶《あいさつ》に近い。だが、ここはドイツだし、僕も、いちおうここではドイツ人として暮らしている。僕が本当は日本人だと知っていてお辞儀をしたのか、それともそれが彼の挨拶のし方なのかはわからない。僕は少しだけ目を細め、彼をじっくりと観察した。たぶん、表情を変えたりはしていないはず。口も開かず、相手がなにか言うのを待とう、と思った。一見して、この村の者ではないが、特別に不審な雰囲気《ふんいき》でもない。むしろ、落ち着いた自然な態度から、知的な印象を受けた。

玄関のドアは施錠されていなかった。それが閉まるときに、鈍感なベルがかろうじて一度鳴ったから、奥にいるロジが気づいたかもしれない。彼女のことだから、警戒して聞き耳を立てていることだろう。状況によっては、つまり訪問者が危険な人物だとわかれば、大きな銃を両手で構えて現れるかもしれない。彼女は、そういう機能を持っている。質《たち》というのか方針というのか、自分の意志の力でいつでも自身を緊張させる方法を知っているのだ。特殊能力といっても良いだろう。

その男は（もちろん男かどうかは判別できないが、背が高く、服装が男性的だった）、カーキ色の上下で、作業服か、あるいは兵隊服のようだった。リュックのようなものを背負っているみたいだが、こちらからはよく見えない。頭には、庇《ひさし》の長いキャップを被《かぶ》り、金髪がやや長め。顔は少年のように若々しく、むしろ女性的だった。ただ、つり上がった眉《まゆ》と鋭い瞳《ひとみ》は、獲物を狙《ねら》う猛禽《もうきん》類を連想させる。滅多《めった》に経験しない強い視線を、僕は感じた。最も特徴的だったのは、左右の腕が非対称だったことだ。長さも太さも、左腕の方が一回り大きい。おそらく、なんらかの装備のためだろう。

「私《わたし》は、デミアンといいます」口をほとんど動かさず、彼は言葉を発した。それは日本語だった。世界中の言葉が話せるくらいのテクノロジィは、今では比較的安価なオプションとして出回っている。問題は、彼が何故《なぜ》日本語を話したのか、という点にある。

僕は、少しだけ首を傾《かし》げた。無反応では失礼だし、言葉を発すれば、日本語を理解したと認識される。日本語で話しかけたのは、単に鎌《かま》をかけたのかもしれない、と警戒した。

数秒の間を置いて、彼は言葉を続けた。「向かいの大家さんに聞いたのです。こちらに日本人のカップルが住んでいると」

大家は、それを知っている。僕が抱いた疑問に対する妥当な理由だ。

「ご用は何ですか？」僕は英語で尋《たず》ねた。ドイツ語も会話くらいはできるけれど、得意ではない。

このとき、僕は部屋のほぼ中央の椅子《いす》に座って、小さな作業テーブルの上で木材を削っていた。グラインダを使ってではなく、仕上げに近い手作業だったから、モータ音などは発していない。手を止めれば、瞬時に静かになる。この作業は、現在の僕の趣味だ。職業ではない。ただ、表向きはこれを職業としている。きかれたら、そう答えることにしている、という意味だ。どんなときでも、答はないよりあった方が都合が良い。

デミアンが入ってくるまえ、ドアの近くの窓が開いていたのに、誰かが玄関に近づく足音は聞こえなかった。家の前の道は往来が少ない。地面は古い石畳で、クルマが通ったり人が歩いたりすると、音が聞こえる。木工のサンディング作業に熱中していたし、手許《てもと》の音で掻《か》き消《け》されたのかもしれない。

僕は、彼の靴を見た。黒いブーツは汚れていないが、新しいものではない。野山を歩くような深いブーツだった。都会的なファッションではないけれど、好みの問題なので、なんともいえない。

「私のことを知りませんか?」デミアンは、僕を見据《みす》えて言った。青い瞳は、ほとんど動かなかった。

人間には見えない。この区別は、僕が得意とするところだから、おそらく第一印象のとおりだろう。もっとも、人間であっても、人間でなくても、僕はさほど気にしない。生きているか、生きていないか、の差よりははるかに小さい。

「残念ですが、知りません。会ったことがありますか?」僕はきき返す。その姿では会ったことがない、と言いたかったのだが、そこまで断言する必要も感じなかった。もちろん、名前にも聞き覚えがない。名前は、僕がかけているメガネが検索してくれたから、だいたい間違いのないところだった。この種の機器の性能というのは、だいたいのことが「だいたい」なのである。

また、数秒間沈黙があった。僕は息をした。その音しか聞こえなかった。

奥は静まり返っていて、ロジが音を立てないように警戒しているのがわかった。普通の来客だったら、彼女はまっさきに姿を現しているはずだ。新来の客が怪しい人物であり、僕以外に人がいることを感知されるのは不利だ、と考えて潜んでいるのにちがいない。僕は、それほど緊張していなかったが、ロジのことを想像すると、鼓動が少し速くなるような気がした。

「エジプトで、ロイディという名のロボットを輸送しましたね?」デミアンは言った。これは、英語だった。こちらの言語に合わせたのだろう。礼儀正しい、と評価できる。

だが、彼の言葉に、僕はさすがに驚いてしまった。僕の一瞬の目の反応を、彼は測定器のように捉《とら》えたようだ。じっと見据えていた視線が僅《わず》かに逸《そ》れ、部屋の奥を見つめた。口許は友好的な形を維持している。その余裕の表情は、最初からまったく変わらなかった。もしかして、ウォーカロンでもないのか。おそらく、ロボットだろう。その可能性が高い、と僕は判定していた。

「エジプトで？　輸送した？　私がですか？」僕はきき返した。

「ホテルで、誰かと取引をしたはずです。依頼されていたのですか？　それを尋ねたかったので、ここへ来ました。私は敵対する者ではありません。どうかご安心下さい」

「敵対？　いや、そんなことは全然考えていない」僕は両手を広げた。「なにか、勘違いをされている可能性はありませんか？　人違いということは？」

「奥の部屋にいる方が、武器の用意をしているようです」彼は視線を僕に向けたまま、少しゆっくりとした口調で話した。インテリジェンスが感じられる冷静な発声だったが、しかし、人間ではないのだから、これは当然といえる。

背後に気配を感じた。なんとなく空気が動いたのだ。背後にいるとしたら、ロジしかない。しかし、音はしなかったし、前にいるデミアンも視線を移さなかった。僕は、相手を刺激しないように、意識してゆっくりと振り返った。

ドアは開いている。そのドアは、いつも開けたままにしている。この部屋の音が聞こえるように、毎朝ロジがドアストッパをセットする。

その戸口に、ロジが立っていた。両手で銃を構え、腕を伸ばしている。もちろん、銃口はデミアンに向けられていた。久し振りに見たロジの鋭い表情だった。

「手を挙げて下さい」ロジが囁《ささや》くように言った。

僕は、なにか言おうと思ったけれど、あまりにも緊迫していて、刺激しない方が良いと思った。

デミアンを再び見ると、彼は既に両手を挙げていた。表情は変わらない。視線は、まだ僕を見据えて、微動だにしない。ロジの方を見ようとしないのは、敵意がないことを示しているのかもしれない。

「許可を得ていますか?」デミアンは、呟《つぶや》くように言った。

「不審な素振りを見せたら撃ちます。ここは自宅です。許可の必要はない」ロジが応《こた》える。

「わかりました。出直してきます」デミアンは、少し微笑《ほほえ》んだようだが、これは僕の勘違いだったかもしれない。彼が顔を横に向けたので、光の当たり方が変わったのだ。

両手を挙げたまま、彼は背中を向けた。リュックがよく見える位置になる。そのリュックに縛り付けられている長い棒のようなものがあった。

僕は、それを間近に見た。二メートルくらいしか離れていない。工芸品のようだったが、上には紐《ひも》が巻かれている。明らかに東洋風のデザインだった。

彼はそのままの姿勢で、じっと動かない。両手を軽く挙げたまま。顔は今は見えない。

僕は、少し離れた方が良いかもしれない、と直感した。なんとなく殺気を感じたからだ。

そして、同時に思い出していた。そのリュックに縛り付けられているものは、以前に博物館で見たことがある。そう、日本の古い武器だ。カタナと呼ばれるものだ。

頭の上に挙げている彼の右手は、その刀の握り手にほど近かった。それが殺気の原因かもしれない。それに、ロジの息遣いが一度聞こえた。彼女は息をゆっくりと吸った。緊張しているのがわかった。

このまま彼が出ていくとは思えない。突然、襲いかかってくるかもしれない。相手はロボットだ。もし少しでも動けば、ロジが撃つだろう。それは確実だった。彼女は、こうしたことに慣れている。いわば、プロフェッショナルなのだ。

窓際で小さな音がした。

僕にも聞こえたのだから、デミアンやロジに聞こえないはずがない。僕は窓を見た。室内に変化はない。ガラスの外にも変化はない。ただ、僅かに光が動いたような気がする。影なのか、それとも反射光の変化だろうか。

デミアンは、ゆっくりとこちらを振り返ろうとする。

「動くな！」ロジが叫んだ。「こちらを向いたら撃ちます」

「話があります」デミアンが言った。

「手短に。そのままの姿勢で」ロジが応える。彼女は戸口からまったく動いていない。呼吸をしているだけだが、平常ではない。彼女が、そんなふうになるのは、よほどデミアンの殺気が尋常ではないからだろう。

「外に誰かいる。私を狙っている者たちである可能性が高い」デミアンは、横を見た姿勢のまま話した。「ここにいるかぎりは、攻撃してこないが、私が出ていけば、攻撃してくる」

「だから?」ロジがきいた。

「だから、しばらく、話を聞いてほしい。私は、銃を持っていない。武器は背中にあるこの刀だけです」

「外にいるのは、誰なの?」

「どこかの組織の者でしょう。政府の関係である可能性が高い。おそらく、人間ではない。ロボットかウォーカロンが三人。一人は窓のすぐ外に。一人は、道の向こうの塀に隠れている。もう一人は、この家の裏へ回った。そちらの壁側をさきほど通ったところです」

「政府の組織って?」ロジがさらに尋ねる。「何故、貴方《あなた》を狙っているの? 狙っているとは、具体的にどういう意味?」

「貴女《あなた》は、日本人ですか?」デミアンがきき返した。

「私の質問に答えて」

「組織の名称は知らない。警察かもしれない。私を狙っている理由も、私には不合理に思える。つまり、理解できない。なにかの間違いか、あるいは、間違った情報で騙《だま》されているのだと思います。私を狙っているとは、私を確保したい、という意味です」

「どうして、そんなことがわかる？」

「失敗した者から聞いたからです。私を捕らえようとしました。殺しても良いと指示されている、と言っていました」

「君は、ロボットだろう？」僕は、彼に尋ねた。

デミアンの視線が、斜めになり、横を向いたまま、僕を捉えた。

「どうして、それがわかりますか？」デミアンが言った。

「ここで、おしゃべりをして、そのあとは、どうするつもり？」ロジがきいた。僅かに緊張が緩《ゆる》んだようだった。「時間が経《た》つほど、援護が来る可能性も高くなると思うけれど」

「まだ、しばらくは大丈夫です」デミアンが言った。初めて、ロジの方へ視線を送ったようだが、一瞬のことで、すぐにまた僕を見た。「何を作っていたのですか？」

「これ？」僕は手に持っているものを示した。「単なる反響箱だよ。オルゴールの」

「それが、貴方の今の仕事ですか？」

「仕事といえば、そうかな……」

「ここへ来た理由は？」ロジが尋ねる。

「話を伺いたかった。私は、ロイディを捜しています」

「私は知らない」僕は首をふった。「本当だ」

デミアンは、再び視線をロジに向けた。

「こちらを見ないで」ロジが言う。「私も知らない。見当違い。早く出ていって。とばっちりは困ります」

「私は、あなたたちに迷惑をかけたくない。本当です」デミアンは言った。「外の連中は、これから私が処理します。私が出ていったら、警察に連絡をして下さい。外に三体の死体、あるいは残骸《ざんがい》があると」

「さきに警察に連絡した方が良いのでは?」僕は提案した。

「いえ、警察は私を捕らえようとするはずです。事情を知らない警官を殺すことは、気が進みません」

「その刀は、そんなに威力があるのか」僕は、考えていることを呟いたが、これは疑問ではなかった。

「奥の部屋に入った方が安全です」デミアンは僕にそう言った。まだ手を挙げていたが、姿勢はほとんどこちらを向いている。「この世で、また会いましょう」

この世で? 変な別れの挨拶だ。

僕は手に持っていた工具と材料を置いて立ち上がり、ゆっくりと部屋の奥へ下がった。ロジの銃の邪魔をしないように気をつけた。彼女に近づくと、ロジが僕の腕を摑《つか》み、奥へ引っ張った。同時にドアストッパを足で外した。

僕が奥の部屋に入ると、彼女は壁際に再び寄り、慎重に手を伸ばして開いていたドアを引いた。ドアには、小さなガラス窓がある。

物音は聞こえない。

ロジが、ガラス窓から覗《のぞ》く。僕は彼女の後ろで、床に座り込んでいた。なんだか、力が抜けたように感じた。

ベルが鳴った。玄関のドアが開いたのだ。

「出ていきました」ロジが囁いた。

僕は、床に手をついて立ち上がり、ドアの窓から覗いた。玄関のドアは閉まっていて、もう誰もいない。

どすんという鈍《にぶ》い音がした。

外のようだが、それほど大きな音ではない。それだけだった。人の声などは聞こえない。

奥の部屋は、キッチンで、そのまた奥がリビングである。キッチンには、窓はない。この建物は、両側《りょうがわ》の壁が厚いレンガ造で、暖炉《だんろ》の煙突がリビングにある。両サイドに窓は一つもない。かつては、左右に同じような建物が連続していたらしい。今はそれらは取り壊され、片方は僅かな庭を挟んで道路に、もう片方は空き地になっている。

「奥へ一人行ったと話していた」僕はロジに囁いた。

「施錠してあります。簡単には壊せません。家の中には入ってこないと思います」

「どうして?」

「そういうものです。内部の様子がわからないところへは、少人数で押し入るようなことはしません」

銃声のような音が聞こえた。甲高《かんだか》い音ではない。遠いようにも感じる。一発だけだった。そのすぐあと、上で物音がする。ロジは天井を見上げた。

「誰か、屋根の上にいるようです」

建物は平屋だが、屋根裏部屋がある。キッチンから梯子《はしご》で上がれるが、そこに表に向いた出窓がある。

「どうする?」僕はきいた。

「上へ」ロジが答える。

ロジがさきに梯子を上がり、僕もそのあとに続いた。なるべく音を立てないように、慎重に進んだ。屋根裏部屋は、出窓のため明るかった。ロジは窓を見て立っている。銃は上に向けて持っていた。

僕も、その部屋に立った。床は木製だから、どうしても軋《きし》んで音を立てる。立ち止まって息を殺したが、物音は聞こえない。屋根の上に人がいて動けば、無音ということはないはず。ロジが窓に寄り、身を乗り出すようにして外を窺《うかが》った。

そちらには表の道があって、向かいに、大家の夫婦が住んでいる二階建ての住居が見える。僕も、そっとそちらへ移動した。

ロジが指を差した。下方向だった。さらに窓ガラスに顔を近づけて、覗き込んだ。

大家の家の前に人が倒れていた。グリーンと茶色の服装で、帽子を被っているようだ。植込みに半分隠れている。顔はよく見えない。

ロジが顔を上げた。僕も彼女の視線を追う。

すぐに、目標物が捉えられた。向かいの家の屋根に、大きな鳥のようなものがいる。そう見えたのは、比較的小さく屈《かが》んでいたからだった。

デミアンだ。

屋根の一番高いところから、むこう側へ少し隠れた位置で、低く身構えているような姿勢だった。こちらを窺っている。いつの間に、あんな高いところへ上がったのだろう。僕たちが見ている窓よりも数メートル高い。

大きな音がした。

屋根の上で誰かが動いたようだった。ロジが僕の肩を押し、二人は床に身を屈める。音は続かない。窓の外は見えなくなった。

銃声のような音。

しかし、鈍い炸裂《さくれつ》音で、あまり聞いたことのない不思議な音だった。ただ、その音のあとに、笛のような高音が短く続いた。

次に、どしんと大きな音が響く。家が揺れたようだった。

遅れて、天井《てんじょう》から細かい塵《ちり》が落ちてきた。

僕は、頭を抱《かか》えていた。ロジは中腰になり、窓の外を窺った。銃を持った両腕を伸ばし、窓の方向へ、その次には天井へ向けた。

しかし、音は続かなかった。

静けさが残る。

ロジは息を止めているようだ。

僕は、静かに立ち上がり、窓の外を覗く。

すると、向かいの屋根から、もの凄《すご》い勢いで影が近づいてきた。みるみる大きくなり、窓にぶつかると思った。

僕はまたしゃがみ込むしかない。

ロジは、銃をそちらへ向けたままの姿勢だった。

すぐ近くで、大きな音がする。

続いて、屋根の上を人が走る音か。

衝撃音と金属音。

ロジは、銃を上へ向けた。

今にも屋根を突き破って、なにかが飛び出してきそうだった。

だが、音は続かない。

滑《すべ》るような、引きずるような奇妙な音のあと、窓の外を、黒い影が一瞬通り過ぎる。上から下へ。その後、どしんという鈍い音がする。

ロジが窓に顔を近づける。家のすぐ近くだから見えない角度だろう。

「外へ見にいきます」彼女が言った。

ロジは、梯子のある穴から下へ飛び降りた。僕が下りていくのを待っていてくれた。キッチンを横断し、再び表の部屋に戻り、まず窓から外を窺った。大家の家の植込みの辺りは見えなかったが、窓のすぐ下に、人が倒れているのはわかった。黒い服装で、背中を上に向けている。

だが、頭がない。

ロジは、ドアへ行く。そこを少し開けて、外の様子を窺った。

耳を聳《そばだ》てているようだ。物音は聞こえなかった。

数秒間。

ロジが息を吐《は》いた。

静かな午後は、いつものことだ。前の道を通るクルマはほとんどないし、人も滅多に歩かない。

ロジは、僕を見て、無言で頷《うなず》いたあと、ドアを開けて、外へ出ていった。

腰を低く構え、左へ銃口を向ける。すぐに躰《からだ》を捻《ひね》って、右へ向けた。

再び、左。それから、上を見た。

なにも起こらなかった。

彼女は、銃を下に向け、立ち上がった。

僕も戸口まで近づく。ドアの左が見えた。その方向の少し先の地面に人が倒れている。グリーンと茶色の服装だった。光学メガネを付けていたが、グラスが割れているようだ。それだけではない。頭が割れていた。血は流れていない。腕は異様な曲がり方で、大きな力で捩《ね》じ曲《ま》げられたように見える。屋根の上から落ちてきたのは、こちらだろう。

ドアから出て、右手を見ると、窓の近くに倒れている黒い服装の男は、やはり首から上がなかった。その首は、さらに先の地面に転がっていて、幸いにも、むこうを向いていた。もちろん人間ではない。一滴の血も流れていなかった。黒っぽいオイルが、切口《きりくち》から吹き出し、湯気を上げている。空気が漏れるようなか弱い音が続いている。

ロジは、両方の残骸を簡単に確認したあと、屋根を見上げるためか、道の中央へ出ていった。振り返り、屋根を見上げる。そのあと、彼女は道を横断し、向かいの家に近づき、植込みに屈み込んだあと、走って戻ってきた。

「むこうの一人は、ロボットではありません」ロジが報告する。「血を流しています。胸に大きな切り傷が」

「人間?」僕はきいた。

「わかりません。たぶん、ウォーカロンでしょう」

その見分けは、普通つかない、頭部を解剖しないかぎり。

「首はあった?」

「あります。心肺停止ですが、助かると思います」ロジは、顳顬《こめかみ》に片手を当てた。「警察を呼びます」

「デミアンは?」

「見当たりません」彼女は横を向いて、呟くようになにか話し始めた。警察へ連絡をしているようだ。

デミアンが三人を倒した、と解釈しても良さそうな状況だ。デミアンには、味方がいたかもしれない。彼は、刀を持っていたが、相手の三人は、おそらく銃を持っていたはず。倒れている二人の近くには、それらの武器がなかったようだが、デミアンが奪ったのかもしれない。

彼は、向かいの家の屋根から、僕たちの家の出窓の近くへ飛び移った。どう見ても、十メートル近く離れている。数メートルの高さの差はあるものの、助走をつけて跳んだわけでもない。もし、屋根を蹴《け》って跳んだとしたら、加速度から考えて、衝撃で屋根に穴が開くだろう。つまり、なんらかの推進力を備えていたと考えられる。小型のロケットのようなものだ。

僕も、大家の家に近づき、倒れている人を見た。血を流している。胸を斜めに斬《き》られたようだ。小型の拳銃《けんじゅう》を持っていたようだ。三メートルほど離れた地面に落ちていた。

「玄関を出て、窓の近くのロボットを倒し、次に、道を渡って、この人を斬り殺して、そのあと、屋根に上がったのでしょう」ロジが言った。「もう一人が屋根の上にいたからです」

「それで、むこうへ飛び移った?」

「ええ」ロジは頷く。「飛び移って、ロボットを排除した」

「それから?」

「どこかへ行ったみたいですね」

「挨拶くらい、していったら良かったのに」

僕の背後で、ドアが開く音がした。振り返ると、大家のビーヤが顔を出した。目を丸くして、僕とロジを交互に見た。

「こんにちは、ビーヤ」僕は微笑んだ。「ちょっとした事故があったようです」

「ちょっとした?」彼女は、眉を顰め、首を四十五度くらい傾けた。そのまま頭が落ちるのではないかと心配になるほどだった。

「警察を呼びました。もう、大丈夫だと思います」ロジが言った。さきほどまでと声がまるで違う。彼女は、いつの間にか銃を持っていなかった。たぶん、背中に仕舞ったのだろう。

「警察? ふうん」ビーヤは鼻から息を漏らす。「それじゃあ、警察が来るまで、お茶を飲んでいかない?」

午後三時が近い。毎日、ビーヤはこの時間に紅茶を淹《い》れる。夫のイェオリと二人のときもあるし、僕たちを誘うときもある。週に一回か、二回は誘われているように思う。たいていは、彼女が道を渡って、僕を呼びにくる。僕は、その時間はいつも表の部屋にいるから、いるときだけ呼ばれているわけではない。

「男の人が、訪ねてきませんでしたか?」ロジがビーヤにきいた。

「どんな?」ビーヤがきき返す。しかし、途中で思い出したらしく、大きく頷いた。「そうそう、背が高くて、若い人でしょう? うん、金髪で青い目の」

「そうです。その人です。どんな話をしましたか?」ロジが質問した。

「えっと……、日本から来た二人に会いにきた、と言ったの。だから、それはうちじゃなくて、お向かいの家よって、教えましたけれど……、いけなかった?」

デミアンはたしか、僕たちのことを日本人だと言った。ビーヤは、日本から来たと言った。翻訳されているから、違いは微妙だ。同じようなものか……。

玄関から入り、奥のダイニングまで導かれた。庭が見えるガラス戸が並ぶ部屋で、テーブルにイェオリがいた。椅子の背にもたれ、紙の文字を読んでいる。それが何かはわからない。彼は、雑誌などに文章を書く作家らしいが、どんな種類のものを書くのか、詳しい話を聞いたことはまだない。

既にカップが並んでいた。まだ紅茶は注《そそ》がれていない。

「何があった？」イェオリがビーヤに低い声で尋ねた。

「わかりません。でも、事故があって、人が倒れていました」

「さっきの青年かね？」

「違います。知らない人です。人間じゃないと思うわ」ビーヤはそう答えると、お湯をポットに注ぎ入れる。「ロジ、貴女、なにか見ていたの？」

「いいえ、音を聞いただけです」ロジは答える。

「青年が、そちらへ訪ねていっただろう？」イェオリが、僕とロジを見る。

「いえ、人違いでした。知らない人です」僕は答えてから、ロジに視線を送った。彼女は無言で頷いた。

イェオリは、それで納得したようで、再び紙の読みものに目を落とす。小さなレンズのメガネをかけているが、もちろん電子メガネのはずである。

ビーヤが注いでくれた紅茶を、半分ほど飲んだ頃に、サイレンの音が近づいてきた。警察がようやく到着したらしい。

「どんなふうに説明したら良いだろう」僕はロジに小声できいた。

「ありのままに話すつもりです」ロジはそう答え、ほんの少し肩を竦《すく》めた。面倒ですね、とでも言いたかったのだろうか。

ロジのことだから、既に方々へ範囲を広げ、デミアンのことを調べているだろう。黙って紅茶を楽しみながら、そういったサブのルーチンをいつでも実行できるのが、彼女の性能の一つだ。僕にはできない。

紅茶を飲み終え、テーブルからソファへ移った。僕は、イエオリの横をすすめられ、そこに腰掛けた。イエオリは、髪も顎鬚《あごひげ》も白い。年齢をきいたことはない。この時代、そんな情報はきかないのが礼儀だ。

「久し振りに若者を見たが、あれは、人間ではないのかな」イエオリは呟くように言った。

「誰のことですか?」僕は、わざとききを返した。関心がないように振る舞いたかったからである。

イエオリは、それに答えなかった。疑問を投げかけたわけではない。本当に独《ひと》り言《ごと》だったのだ、といったところだろう。もちろん、若者とは、デミアンのことだ。

僕は、ロボットだと思っている。なにしろ、十メートルもジャンプしたのだ。テクノロジィ的な問題ではなく、人間がそんな危険な行為をするとは思えない、という意味だ。でも、それほど自信はない。人間かどうかを見分けるための、僕が持っている技術は、統計的なデータに基づいたものだ。その種のデータには、常に例外が存在するものだ。

気になってはいた。今もまだ、この近くにいるのではないか。それとも、警察の目を避けて、遠くへ行ってしまっただろうか。

左腕が長かったが、刀は右手で抜く位置にあった。抜いてから、左に持ち替えるのだろうか、などと想像した。

第1章　一つの始まり　One beginning

「むしろ簡単な方法によってです。例のひどく冷遇されている必需品――つまり、常識――を使いさえすればよかったのです。ほら、記号論理学という人間の知識の分野があるでしょう。あれは人間の言語に群生しているあらゆる種類の邪魔な枯れ枝を刈り取るのに使われます」

1

大家夫婦とのティータイムを終えて、僕とロジは外に出た。救急車と警察の車両が道を塞《ふさ》いでいた。どちらの方向も通行止めとなっている。植込みの側《そば》に倒れていた者は、既に姿がない。搬送《はんそう》されたのか、それとも救急車内で初期の措置が行われているのか、いずれかだろう。

道を横切り、自分たちの家の玄関に近づく。左の窓の下のロボットは、頭も躰もそのままの姿勢と位置だった。ドアを開けると、後ろから声をかけられた。警官が近づいてきた。髪の長い女性っぽいファッションだった。

「ちょっとおききしたいことがあります」声も高い。ウォーカロンのようだ。

僕は立ち止まって、彼女に正対する。横にロジが立った。彼女は、たぶん背中に銃を隠したままだ。許可証はあるので問題はないと思うけれど、隣へお茶を飲みにいっただけにしては重装備すぎる。そんな話にはならない、と考えたが、ちらりとロジを見た。眼差《まなざ》しを交《か》わすだけで意思の通信ができれば良いのだが、そんなオプションは装備していない。

「ここにお住まいですか?」警官は僕に尋ねた。

「そうです」

「何がありましたか? ご覧になっていたのでは?」

「何をですか?」僕はきき返した。すぐ側に首なしロボットが倒れているのだから、いささか不自然だったかもしれない。

警官は、両手の平を上に向けて、どうぞ周囲をご覧下さい、といったジェスチャを示した。

「この状況は知っています。隣へ行くまえに見ました。警察に連絡をしたのは、彼女です」僕は目でロジを示す。

「私も、ロボットが二体壊れているのと、あと、あちらに倒れていたのは、人でしょうか、ロボットでしょうか……、見たところ、亡くなっているようでしたので、電話をしました」ロジが話した。僕に対するときの口調とは別人である。「ただ、何があって、こんなことになったのかは知りません。なにも見ていません」

「こちらの家の中にいらっしゃったのですか？」

「はい、そうです。二人とも」

「不審な音を聞きませんでしたか？」

「いいえ……、気づきませんでした」ロジが応えた。僕も聞いていないことにした方が良さそうだ、と思った。

「わかりました。ご協力ありがとうございます」警官は微笑んだ。「のちほど、捜査のための担当者がこちらへ来ます。詳しい話をおききすることになるかもしれません。よろしければ、市民信号をいただけませんか？」

僕とロジは、それを警官に送信した。警官はもう一度作り笑いをしてから、立ち去った。僕たち二人は、ドイツの市民として登録されている。ここに移り住んで、一年と七カ月になる。

玄関から入って、そのまま奥のキッチンまで歩いた。ロジは、壁に背をつけて腕組みをした。真剣な議論をするときの、いつものポーズである。

「あまり詳しくきかれなかったね」僕は言った。もちろん、理由はわかっている。どこかに公共の監視カメラが設置されているから、それを見れば、外の三人の身に何が起こったのかは、記録が残っているだろう。警官は既にそれを確認して、僕たち二人が暴力に関与していないことを知っているのだ。ただ、この家に一度入った者が、家から出て、三人を倒したのだから、その点では事情を問われることになるだろう。捜査官がやってくれば、質問されるはずだ。

「情報を収集していますが、デミアンについて該当するようなものが見つけられません」ロジが言った。「困ったことになりましたね」

「うーん、困ってはいないけれど、面倒なことにはなりそうだね」僕は言った。「問題は、デミアンがロイディについて口にしたことだ」

「どうして、私たちがここにいることがわかったのでしょう?」

「個人的な情報収集能力ではない、ということかな」

「だとしたら、たった一人で来ますか? 事前に連絡があっても良さそうなものです」

「アウトローなんだろうね」

「アウトロー?」ロジは言葉を繰り返した。「ああ、わかりました。組織のバックアップを持ったアウトローですか?」

「イエス・キリストみたいな」

ロジは、首を傾げて、言葉を返さなかった。

僕はソファに腰掛け、脚を組んだ。この家へ、知合い以外の人が訪ねてきたのは初めてのことだ。大家の夫婦と、近所で知り合った人が三人か四人は、来たことはある。楽器職人の仕事をしている、と説明してあるものの、実際にその仕事の関係での来訪者はいない。僕自身、楽器を作っているのではない。楽器を作る振りをしているだけだ。振りをしているうちに、少し興味が湧《わ》いて、最近実際に笛を一つ作ってみたが、まともな音が鳴らなかった。これでも、物理的な原理は理解しているので、寸法などは計算して設計図を描いたのだが、その寸法どおりに作れなかったようである。

「大家にきいた、と言った」僕は呟く。その点を考えていたからだ。こちらのことを調べ上げ、事情を詳しく知っているならば、直接訪ねてくるのではないか。また、ロジが指摘したように、会いにくるまえに連絡をした方が得策だろう。そういったことができない、なんらかの事情がある、と考えるべきかもしれない。

その後、僕は端末でニュースなどを見ていたし、ロジは地下室へ下りて、掃除《そうじ》をしているみたいだった。地下室は、主に食料と燃料の貯蔵に使っている。僕は、普段はあまり行かない。

三十分ほど経った頃、ロジが階段を上がってきた。地下室とを結ぶ階段は、キッチンの端《はし》にある。

「もうすぐ、捜査官が来ます。連絡がありました」キッチンで手を洗いながら、ロジが言った。彼女に連絡があったのは、連絡先がそちらに登録されているからである。「州の警察ではありません」

「どういう意味?」僕はきいた。

「いえ……、わかりませんが……」ロジは首をふる。「普通の事件の扱いではない、ということかと」

さらに三十分ほどして、ヘルゲンと名乗る捜査官が訪れた。背の高い紳士で、古風な服装だったが、それが正式なものなのかもしれない。ただ、制服ではない。バッジなどの飾りも付けていなかった。オールバックの髪はグレィ。軽そうなメガネをかけていた。メガネだけで、ホバリングしそうな感じだ。

「私は、警察官ではありません。ドイツの情報局の者です。日本の情報局にも許可を得て、こちらを訪ねました」

その証明信号を受け取った。ロジは、それを確認するために、十数秒間黙っていたが、無言で頷いて、僕を見た。どうやら、確認が取れたらしい。

「デミアンに会いましたね?」ヘルゲンの最初の質問は簡単だった。これは、否定することは不可能だろう。僕は無言で頷いた。すると、彼は少し口許を緩めて、次の問いを発した。「ドクタの見立ては、いかがでしょうか?」

僕はまず首を傾げた。ドクタとは、僕のことらしい。まず、その呼び方を簡単に認めて良いものかどうか迷った。そのうえ、見立てという言葉の意味も曖昧《あいまい》だ。わざと曖昧な表現を使って、相手の反応を見る手法にちがいない。もちろん、理解はできた。人間か、ウォーカロンか、ロボットか、という質問だろう。

「彼は、何者なのですか？」ロジが尋ねた。僕が黙っていたからだ。

「何者かは、はっきりとしていません。ここでは詳しく話せませんが、出生の記録はあります。どこで作られたか、というデータです。ただし、彼は、そこを何年もまえに抜け出し、以来長く、行方《ゆくえ》知れずだった。私たちは、彼を捜しています。見つけて、元のところへ戻すなり、なんらかの処理が必要だと考えています」

「どうして、そう考えるのですか？」僕はきいた。こちらも、曖昧に問うことにしよう、と思った。

「それは、彼が一般的な社会に馴染《なじ》まない存在だからです」

「危険だという意味ですか？」

「はい。そう受け取ってもらって、かまいません」

「たとえば、なにか実害が？」

ヘルゲンは、そこで顎を上げた。顔は僅かに笑ったままだった。ウォーカロンではない。けっこうな年齢の人間だろう。僕よりも歳上《としうえ》であることはまずまちがいない。

「外で警察が調べています。あの状況を、社会的な実害と呼ばないとしたら、何でしょうか？」

「あの三人は、武器を持っていたようです」ロジが言った。「だとすると、実害ではなく、正当防衛かもしれません。その可能性がある、という意味です。映像で既に判定が出ているのでは？」

「そのような判定は、参考になりません。お嬢さん、犯罪を裁くのは、あくまでも人間です。少なくとも、この国では」

「そうなんですか。失礼しました」ロジが小さく頷いた。

ヘルゲンは、社交的な微笑みをわざとらしく浮かべ、視線を僕に戻した。

「彼と、どんな話を？」そのヘルゲンの質問が、訪問の目的であることは確実だ。外で起こったことは、カメラで把握されている。だが、個人の住居の中には、政府の支配は及ばない。追っ手の三人は、おそらく小型ドローンを伴っていただろう。普通であれば、住居内の人の挙動、あるいは音声を拾うことは容易だが、ここは普通の住居ではない。それは、僕とロジが一般的な市民ではないためだ。

デミアンを追ってきた三人も、彼がこの家に入ったところで、情報が得られなくなった。それを補うことが、ヘルゲンの役目だろう。

どうしたものか、僕は決めかねていた。というよりも、僕が決められる問題ではない。ロジも、まだ指示を受けていないはずだ。ここは一旦《いったん》保留するしかない。

「特に、なにも話していません」僕はヘルゲンの問いに答えた。「人違いだと思いました。言っていることがよくわからなかったので……」

「私たちが日本人だと、知っているようでした」ロジが答えた。

「向かいの家でそれを聞いた、と話しました。でも、それは嘘《うそ》だと思います」

「どうして?」ヘルゲンがロジを見た。

「大家さんたちは、私たちの素性を知らないからです。日本から来たことは知っていますが、ドイツ人だと思っているはずです」ロジが答える。「私は、怪しいと感じたので、銃を彼に向けました」

ヘルゲンは黙っている。なにか情報を参照しているのかもしれない。

ロジは、背中へ手を回し、自分の銃を彼に見せた。ヘルゲンは、それを一瞬見ただけだった。珍しいものではない、といったところだろう。

「それで、彼の反応は?」ヘルゲンが続けてきいた。このあたりは、いかにも捜査官らしい口調に思われた。

「いや、そのまま出ていきましたよ」今度は、僕が答える。「また会いましょう、と言って」

「また会いましょう?」ヘルゲンは言葉を繰り返した。

そこで僕は思い出したのだが、デミアンは、そのあとに、この世で、とつけ加えた。ただ、それは黙っていることにした。

ヘルゲンは、また友好的な態度に戻り、協力に感謝する、再び彼に会うようなことがあった場合、できるかぎり早く知らせてほしい、と言い、玄関から出ていった。最後の言葉は、「また、お会いしましょう」だった。

2

ロジは、地下室へ下りていった。この家の中で、地下室が最もセキュリティが高いからだろう。僕は反対に、最もセキュリティが低い屋外へ出て、散歩をすることにした。いつも、夕方に十五分くらい歩く。ここへ来た初めのうちは、ロジが必ずついてきたけれど、この頃は一人で出かけることも少なくない。

普段よりも少し早い時刻だったものの、外の様子を見たかった。玄関から出ると、右手の首なしロボットも、左手の屋根から落ちたロボットも、既に搬送されたあとで、僅かに地面に跡が残っているだけだった。道には警察の車両がまだ並び、クルマの通行は規制されている。五人くらいの制服の姿が認められたが、遠くて人間かどうかはわからない。僕が道へ出ていくと、ヘルゲンが大家の家から出てくるところで、目が合ってしまった。

僕はそちらへ近づき、大家の家の庭、植込みの辺りを確かめた。既になにもない。警察官さえ近くにいなかった。現場の捜査は終わったということだろうか。

「どちらへ？」ヘルゲンが僕に尋ねた。

「いえ、散歩です」

「お一人で？」

「ええ。二人に見えますか？」

「ご一緒してもよろしいですか？　一人では、危険です」

たしかにそのとおりかもしれない、と思い、頷いてしまった。道は緩やかに傾斜していて、低い方へ歩けば、村の中心部へ向かう。高い方は、草原と畑、あとは森しかない。上っていく方向を選択した。

道はだんだん細くなる。分かれ道もないので、少しだけ上がったところで休憩し、引き返してくる。危険があるとは思えない。僕たちの家より先には、住宅が数軒しかなく、余所者《よそもの》が歩いていたり、クルマが通ることも滅多にない。

もちろん、デミアンが近くにいる可能性はある。ヘルゲンが言った危険というのは、おそらくそのことだろう。

「ドクタ、さきほどの私の質問に答えていただけませんか？」しばらく歩いたところでヘルゲンが言った。口調が、幾分フランクになったように感じられた。

「見ただけ、話しただけでは、わかりませんよ」僕は正直に答えた。「なんらかの測定データが必要です」

「脳波ですか?」ヘルゲンがきいた。

「ロボットではない、ということですか?」僕は彼の顔を見た。反応を確かめたかった。そもそも、デミアンのことを、彼はよく知っている立場にあるはず。僕に尋ねるよりも、そちらのデータを教えてもらいたい。そう口にしようか、と考えたけれど、余計なこと、深入りしない方が良いだろう、と思い留まった。

「彼は、ウォーカロンです」ヘルゲンが言った。僕の表情から推測したのか。考えを読まれたようだ。

「ああ、そうなんですか。それにしては……、うーん、ちょっと珍しいタイプのように思えますね」僕は、人間かロボットだと考えていたので、彼の発言が意外だった。

「ウォーカロンにしては、人間らしくない。最も人間らしく作られているのが、ウォーカロンだからです。人間よりも、人間らしい」

「デミアンは、人間らしくなかったと?」

「腕が、左右非対称でした」

「ああ、なるほど。でも、それくらいのことは、人間でも今は普通です」

「まあ……、そうですね」

「詳しいことはわかっていません。実験的に生産された戦闘タイプだったようです」ヘルゲンが説明した。「作ったのは、HIXです」

それは、ドイツ発祥のウォーカロン・メーカの名だ。現在はその名称は使われていない。企業の統合があり、別の名前になっている。

「いつ頃のことですか？」

「ずいぶん昔です。詳しい記録は残っていません。デミアンは、極秘に開発されたプロトタイプで、そのプロジェクトは頓挫《とんざ》しました。彼が最終モデルだったのですが、公式記録では、すべてのモデルが廃棄されたことになっています」

「廃棄？　普通なら、転用するのでは？」

ウォーカロンは、人間に限りなく近い生命体である。廃棄をメーカの独断で行うことは、現在違法とされていて、事実上できない。昔は、できたのだろうか。もちろん、企業内で行われることなので、表に出ない違法行為がまったくないとは思えないが。

「転用できなかったのではないでしょうか」ヘルゲンは言った。

「どうして？」

「さあ、どうしてでしょうか。なにか……、そうですね、特別な知識を持ってしまったとか」

「なるほど、そういう意味ですか」

「軍事的な活動を目的として生産されたタイプですから……」ヘルゲンは、そこまで言って、言葉を切った。

一般に、記憶は消すことが可能だ。人間では、その操作は違法とされているが、出荷まえのウォーカロンには、その規制は及ばない。不都合な知識を持っていても、それをデリートすることはできるはず。ただ、その人物の能力を著《いちじる》しく低下させることになるから、商品価値も必然的に下がる。メーカがやりたがらないことも想像できたので、僕はそれ以上の疑問、つまり特別な知識の具体例が何か、を口にしなかった。

「彼女が、銃を向けたとき、デミアンはどんな反応でしたか?」彼はきいた。

「いえ、特に変わった様子は見せませんでした。驚きもしなかったし、慌てることもなかったと思います」

「あのタイプは、銃を向けられるまえに、通常は相手を倒しますヘ」ヘルゲンは言った。表情は穏《おだ》やかだったが、言葉の内容は冷たい。「そのような人や機械の動作に敏感なのです。瞬時に対応します。その種の反応速度が、いうなれば、主たる特性であり、そのプロジェクトが目的としたものです」

「どんな用途を想定して開発されたのでしょうか?」僕は尋ねた。「戦闘タイプといっても、各種あると思います。いえ、専門ではないので、詳しいことはわかりません。ただ、そうですね……、彼は、一見したところ、戦闘に適した体格には見えなかった」

「はい、そのとおりです」ヘルゲンは頷いた。「サーベルを持っていましたか?」

「ああ、ええ」僕は頷いた。サーベルではなく、日本刀だったが。「背中のリュックに縛ってありました」

「彼は、敵の中枢に入るスパイなのです。音を立てるような武器を使いません。普通は素手《すで》で相手を倒します。もちろん、それだけではありません。知能が極めて高く、また、演算も速い。さらに、防御力に優れている。具体的なことはわかっていませんが、機能停止する可能性が非常に低い」

「よくわかりません」僕は、苦笑いして首をふった。「恐ろしいことだけしか、わかりません」

「ドクタたちを、殺しにきたのではありません。目的はわからない。いったい何がしたいのか、何のために逃げているのか」

「それは、捕まったら、もう逃げられないからでは？　抹殺されるとわかっているからなのでは？」

ヘルゲンは、横目で僕を数秒間見据えた。なにか言葉を選んでいるのか、あるいは別の場所から連絡が入ったのだろうか。

「ところで、もう一人の方、彼女はボディガードですか？　ロボットには見えませんでしたが」

知っているはずなのに、質問したようだ。だから、答えずに黙っていた。ヘルゲンは、立ち止まって空を見上げた。僕もそちらへ視線を向ける。

高い位置に鳥が飛んでいるのが見えた。彼の鳥だろう。

「ボディガードですか?」僕は尋ねた。

ヘルゲンは、口許を緩め、珍しい表情を見せた。苦笑のようにも見えたし、顔を顰めたようにも見えた。わかりにくい顔だ。人間にまちがいない。

3

大した会話はしていない。鎌のかけ合いのような雰囲気だった。僕は最後まで、自分のことは話さなかった。その必要がない、と思えたからだ。もし、今のここがヴァーチャル、つまり仮想空間だったら、むしろ話したくなったかもしれない。実は、自分は何歳で、生まれはどこで、今までこんなことを経験してきました。貴方は、いったい誰ですか?

現代の現実は、限りなく電子の霧に覆《おお》われ、白っぽく霞《かす》んでいるように見える。現実が見えにくくなっているのではなく、現実とは何かが不明確になっていて、今この目で見えているもの、自分の手で触れているもの、そしてここで生きている自分の肉体が、まるでただの作り物の人形で、自分の存在とは別のオブジェクトである、と感じさせる麻酔的効果を漂わせたバックグラウンドが、それ自体も漠然と存在しているのだ。

そうなった背景には、まず人間が死ななくなったこと、そして新しい人間が生まれなくなったことが挙げられる。自分の意識はたしかに生物的であるにもかかわらず、肉体は限りなく物体化した。もはや機械と同じだ。その意識と肉体の乖離《かいり》が、人の感覚や思考に浸透し始めているのかもしれない。そんな論調のものを幾つか聞いたし、また自分もときどき考える。考えても、行き着くところは同じで、さらに茫洋《ぼうよう》とした概念の空間だ。存在自体が、疑われる。否、存在が単なるコードになる。

同時にまた、無機質な者たちが、人間の周囲に増え始めて、普通に会話をし、相談相手になってくれるようになった。かつては信じられないことだったが、それら新しい存在を、人間は本能的に受け入れようとしている。それは、自分の肉体よりもはるかに身近で、親しみが持てるものかもしれない、との感覚がもたらした融合的価値観といえるだろう。その傾向自体、かつて存在した「機械嫌い」の原因が、生物的な営みに起因していたことを証明するものだった。

空を飛ぶ鳥たちの多くは、中央か大企業につながるセンサであり、自分たちが監視され、飼育されていると感じない者は少ないだろう。それでも、僅かな自由と安全を餌《えさ》として与えられ、知的好奇心をヴァーチャルへ捩じ曲げることで保持し、どうにか「文化的」に生きていくしかない。この「生きていく」という言葉が、いずれ死語になるだろう。意味が失われていることは自明だからだ。

ここ十数年で、そういった閉塞《へいそく》感が世界中に広がったようだ。僕自身はそれほど変化があるとは考えていない。多くのマスコミが危機感を煽《あお》るように報道したことが、主な原因という分析もあるが、その分析もまたマスコミがしているのだから、実のところはよくわからない。たとえば、世界の知性と呼ばれるような人工知能が、そういった情勢を観測し、明らかな数字を交えて結果を分析したわけではない。

人工知能がどう考えていようと、もはや多くの人間は聞く耳を持たないのではないか、と僕は感じている。電子空間での動向の大部分が、人間には最初見えなかった。これを可視化するようなシステムが、いくつも急速に発展し、あっという間に何億人という人間たちが、そこへ吸い込まれた。

そう、「吸い込まれた」という言葉のとおりだ。ある意味で、パニックだったのかもしれない。せっかく現実世界で不死と平和を手にしたところなのに、自身の肉体から解放されたいという欲求、そして追い求める価値のある理想郷が、まさにこれから築かれ、そのフロンティアになれるという欲望が、吸引を加速した要因としてあっただろう。

ところが、結局のところ、その理想郷にあったものは、ますます空虚な「生」だったのだ。空虚を感じさせるのは、曖昧さ、予定調和の安定、懐古的な新鮮さ、常に客観を強《し》いられるボード上の世界だった。人々はやがて溜息《ためいき》をつくしかなかった。不足しているのは、才能だと分析された。人類の才能が、もはや底を突いたのではないか、との悲観も出始めた。

今はまだ、人々は自分の躰を錨《いかり》にして、それを沈めることで碇泊《ていはく》しているにすぎない。その間、海面で浮かび揺動する意識は、ヴァーチャルの自由に浸る。その錨の鎖が切れても、おそらく誰も気づかない。きっとそうなるだろう。揺動も自由も、むしろ鎖が切れたあとの方が増す。ただ、どこへ流されるかは、運を天に任せるしかない。流される者たちは、自身の安定を体感できるけれど、傍《はた》から見れば不安定極まりない。いずれは、どこかの岩壁に叩《たた》きつけられる。そんな危険で不確定な未来しか、僕には見えないのだ。

ロジを捜して、地下室へ下りていった。彼女は、ゴーグルをかけて、リクライニングした椅子にもたれかかっていた。

「ヘルゲン捜査官と一緒だったのですね？」ゴーグルを外さず、ロジは僕に尋ねた。

「見ていたの？」近くにあった木製の椅子に腰掛けて、僕はきき返した。

「はい。それで、私は遠慮して家にいました。彼と一緒ならば、安全だろうと考えました」

僕一人だったら、ロジはあとをついてきた、ということだ。僕の身を守るのが、彼女の役目だからだ。しかし、この村に来て以来、それが必要なほどの危険を感じたことは一度もなかった。今日、デミアンが部屋に入ってきたときが、唯一の例外といえる。

「どこへ行っているの？」僕はきいた。彼女がヴァーチャルへ入っていたからだ。

「日本に」

「誰かに会った?」

「誰にも」ロジは首をふった。これは実際に彼女の頭が左右に一度往復した。「日本は今日は休日ですし、まだ早朝です」

「関係ないと思うけれど」

人間よりも、人工知能との会話が主目的だろう。極秘のデータを参照し、今日起こったことの意味付けをしたい、というのが彼女の欲求であることは想像に難くない。

「機密レベルの高い情報を参照しました。デミアンは、戦闘および諜報《ちょうほう》活動のために開発されたウォーカロンのようです。同型のものが十数体作られました。いずれも実戦配備はされませんでした。その理由は不明ですが、ペガサスの推測では、味方を裏切る可能性が指摘されたからだろう、と」

ペガサスというのは、日本政府の中枢を担う人工知能の名である。

「賢すぎるらしい」僕はつけ加えた。「ヘルゲンが、えっと、演算が速いというようなことを言っていた。それから……、知識が消せないから、転用もできなかったと」

「私が銃を構えても、反応しませんでした。想定していたのか、撃たないと確信していたのか、どちらでしょう?」

「どちらもだよ。彼は銃を持っていないのかもしれない。普通の銃だったら、ドアが開かなかったはずだ」

玄関のドアは、危険な人物が入ろうとした場合には、自動的にロックする機能が備わっている。

「普通の銃ならば識別できますが、プロが使うようなタイプは、見逃す可能性が高いと思います。私の銃は、そういったシステムをパスします」

「実際、刀を使ったじゃないか。銃を持っていたら、もっと簡単だったはずだ」

「刀を使ったかどうかは、確定できません。家の前で撮影された映像を、ドイツ情報局に要求しましょうか？」

「何のために？　訪問者の素性が知りたいとでも？」

「そうですね……、逆に怪しまれますね」ロジは頷いた。彼女にしては素直な反応だ。

「今回のことの、核心はどこにある？」僕は尋ねた。

「彼が、ロイディについて話したことです。日本でもトップシークレットで、知っている者は数名でしょう。情報が漏れるとしたら……」

「モレル」僕は、そう言って微笑んだ。

ロジも笑った。駄洒落《だじゃれ》が面白かったのだろう。日本語だから可笑《おか》しいのであって、誰かが盗聴していても意味がわからないはずだ。もっとも、この地下室のシールドは強固だから、盗聴の可能性は低い。

「ジャン・ルウ・ドリィ・モレル・マイカ・ジュク」ロジが口にした。「長い名前です」

「彼が話したとすれば、ロイディが今どこにあるか、デミアンは知っているはずだ。なのに、ここへ来た。どうしてかな?」

「ドクタ・マガタの居場所を聞きたかったのでしょう。私たちが知っている、と考えた」

「うん、そうなるかな。だとしたら、そこそこ的確な判断だけれど、残念ながら、我々はその情報を持っていない。正直に、知らないと教えてやれば良かったかな?」

「何故、ロイディを捜しているのでしょう?」

「さあね……、それは、考えても無駄っぽいね。計り知れない価値があるからだよ」

「計り知れない?」

「そう。計り知れない。あれは、古くてスクラップ寸前の代物だ。価値があるのは、内蔵されていた人間の頭脳だけ……。待てよ……」僕はそこで言葉を切った。「では、彼が捜しているのは、その頭脳だけの人間の方か」

「どちらにしても、ここへ来たことが、ドクタ・マガタに伝わることを計算済みなのではないでしょうか。ドクタ・マガタが、こちらへなんらかのアプローチをしてくる。それを待伏せする、という作戦かと思われます」

「いや、マガタ博士が出てくるはずがない。何のために? なにも得るものがないじゃないか」

「そうですね……」

「まあ、あるとすれば、デミアン自体に、その価値があるのかも」

「どういう意味ですか?」

「マガタ博士が、デミアンを欲しがっている、という意味」

「どうして?」

「さあね……」僕は肩を竦めた。「さて、そろそろ夕飯を作ることにしよう」

僕は椅子から立ち上がる。ロジは、ゴーグルを外して、僕を見た。

「手伝いましょうか?」

「いや、大丈夫」

僕は、階段を上がった。ここへ住むようになって、最初の頃は、自動調理機のお世話になっていた。単に、キット食材を展開するだけの簡単な仕事しかできない最低ランクのものだ。もっと高級な調理機を買うか、それとも自分で作るか、という選択に迫られ、僕が作ることになった。楽器の製作よりは簡単だろう、と思ったからだ。

ロジは、そういった方面にはまったく興味がなく、口出ししなかった。ただ、僕が作ったものに対しては、調理を始めて一週間後から褒めてくれるようになった。これに気を良くした僕は、ほぼ毎日キッチンで作業をする習慣になったのだ。もちろん、料理アドバイザの言いなりになっているだけで、技術や才能があったわけではない。単に、この歳になっても、自分の手を動かす単純作業が面白い、と感じる好奇心が残っていただけの話だ。

「あ、先生」ロジが呼んだ。

「名前で呼ぶと決めたはずだけど」僕は振り返った。

「ここは大丈夫です」

「何？」

「応援を呼ぶことにしました。明日にも、ボディガードが来ます。えっと、妹が訪ねてくることにしましょう」

「そう……、用心深いね」僕は頷いてから、残りの階段を上がった。誰が来るのかはわかった。

久し振りだな、彼女に何をご馳走《ちそう》しようかな、と考える。今日使う食材のうち、あれとあれを残しておこう、と演算した。

4

夜に表に出て見回したところ、家の周辺は元どおり静かになっていた。余計なものは片づけられ、警官の姿も消えた。捜査は終了したようだ。道まで出て、振り返って屋根を見上げたが、空に月が上っているだけだった。明るい空だ。ドローンが飛んでいたら、発見できるかもしれないほど。

向かいの大家の家も明かりが灯《とも》っていた。道を歩いている者は一人もいない。ずいぶん離れたところに、街灯が一つあって、そのさらに向こうに住宅があるが、シルエットしか見えなかった。

デミアンが、今にも現れそうな気がした。たぶん警察も、ヘルゲンの部下たちも、しばらくは近辺を見張っていることだろう。そう考えると、デミアンには遠くの安全な場所へ行ってほしい、と何故か思った。

少し寒くなっていたので、すぐに家の中へ戻った。施錠を確かめ、キッチンへ入っていくと、ロジが食器を洗っていた。食事の片づけは、以前は分担していたが、今は彼女が引き受けている。僕が料理をするようになってからのことだ。

「外に出ていたのですか?」ロジがきいた。

「大丈夫、なにもなかったよ」

「グアトの命が狙われるとは、考えていません」ロジはこちらをちらりと見た。「あるとしたら、誘拐でしょう。気をつけて下さい」

「誘拐か……」たしかに、その可能性はあるが、警察が張っているはずだから、可能性は低い。「ちょっと、村に出てみようかと思う」

「珍しいですね。どうしてですか？」

「うん、なんとなく、デミアンからアプローチがあるような気がする」

ロジは首を捻っていた。

僕は、地下室へ下りていった。ヴァーチャルのゴーグルは二人分あるが、僕は滅多に使わない。壁際に置かれたソファに寝そべって、それをかけた。

いくつかのパスを通り、その村へ入った。久し振りだ。こちらへ引越をした当時は、毎日数時間この村に入り浸っていたものである。

時刻は、現実とシンクロしている。ただ、この村はそれほど暗くはならない。暗視ができる目を持っているような設定なのだ。広場のほぼ中央に僕はいた。モニュメントのトーテムポールがすぐ近くにそびえ立っている。北の暗い山の方角には、少し距離があったけれど、色とりどりの花火が上がっている。その音も控《ひか》えめに聞こえてきた。僕は、南へ歩き、村の中心にあるレクリエーション・センタへ階段を下っていった。センタのデッキが見えて、軽やかな音楽が流れ、二十人ほどがダンスを踊っているのが見えた。

そのデッキへ木製の階段で下りていく。テーブルの間を抜けて、庇の下のカウンタに近づくと、店員が僕の顔を認めた。

「グアトじゃないか。久し振りだね。どこへ行っていたんだい？」

店員は、単なる機械的な反応なので、相手にしない。ビールを注文して、カウンタのシートに座った。ビールは、香りが味わえるだけで、アルコールは効かない。でも、今はそういうものをアルコールという。たまたま、僕は化学関係の友人がいて、本当のアルコールを知ったし、その効果を似せた飲みものも日常的に経験があるけれど、どちらが良いかといえば、酔いが短時間で覚める方が、コンビニエンスだと思う。

ジャズのようなレトロな音楽が流れていた。振り返ってデッキを見回す。沢山《たくさん》の人がおしゃべりをして、踊って、躰を揺すっている。この中のどれくらいが、本当に人間だろう。たぶん、半分以上はエキストラで、つまり人工知能が一手に引き受けているマリオネットだ。日本では、それをチェリィと呼んだ。桜のことだ。

ロジが来るかな、と期待していたのだが、彼女は現れない。そのうち、僕の手に小さな紙が握られているのに気がついた。手を広げてみると、〈デッキの端へ〉と日本語で書かれたメッセージが読めた。でも、たちまちその文字は消えて、紙も消滅してしまった。こんな方法があることを、僕は知らなかった。

ビールのグラスを持っていこうか、と迷ったけれど、どのみちヴァーチャルなのだ。床に落としてガラスが割れたとしても、それもアトラクションでしかない。人々が感じる虚《むな》しさがここにある。もしかして、この虚しさを感じない新しい世代が登場するのだろうか。否、生まれてこないのだから、人間に新しい世代なんか存在しない。あるとしたら、ウォーカロン、つまりクローンだろう。それも、人間のうちだ、と僕は思っている。

席を立ち、歩くことにした。気がつかなかったが、霧が出ている。見上げても、月も星も見えなかった。その方が省エネなのかもしれない。笑い顔の大勢の間を歩き、デッキの端へ向かった。途中で、白いドレスの女が見えたような気がした。僕と同じ方向へ歩いている。

でも、近づいていっても、そこには誰もいなかった。もう近くには人がいないスペースに僕は立っていた。周囲を見回す。デッキの手摺《てす》りが、二方向を遮《さえぎ》っていて、そのむこうは、少し高低差がある。霧が溜《た》まった渓谷のはずだが、今は下までは見えない。雲の上にいるような気分になる。とりあえず、その手摺りに近づき、そこにもたれて反対方向を向いた。

建物の庇に、小さな照明が均等に並んでいた。音楽は、静かなワルツに変わった。デッキでは、五、六組のカップルがゆったりとしたダンスを踊り始めた。あまりにも、音楽に同調していて、とても人間業とは思えなかった。

「博士」女の声が聞こえた。耳許で囁くような声だった。日本語である。聞き覚えがあったので、僕は緊張したけれど、冷静さを維持することができた。「私の姿は、博士にしか見えません。私の声も、博士にしか聞こえません。ですから、一人でいるように振る舞って下さい」

僕のすぐ横に、白いドレスの女性が立っていた。長い黒髪はバックの闇《やみ》にすっかり同化していて、周囲の照明の光を反射していない。影もなく、平均的に霞んで見えた。

お久しぶりです、博士、と挨拶をしたかったが、声を出すことは、この世界ではアウトプットになり、どこかで監視している存在に聞かれる可能性がある。彼女が警告したのは、その意味だろう。僕は黙っていた。頷くこともしなかった。

「デミアンが、先生のところへ来た理由を知りたい、と思っていらっしゃるのでしょう?」彼女は、一歩前に出て、こちらを向いた。青い目の視線が、精確に僕を捉えた。サファイヤのように澄んだブルーだった。「ウォーカロンも、デフォルトであれば人と同じです。彼らは、自分のルーツを知りたがる。知性というものは、あるレベルを超えると、自然にそうなりますね。ウォーカロンの場合、その欲求を抑制する処理をします」

ポスト・インストールのことだろうか、と僕は思った。知合いのウォーカロンが、それを解除するためのリセット処理を受けたことがあったからだ。

「ポスト・インストールではなく、もっと初期段階に行われる操作です」彼女は続けた。僕の疑問を予想していたようだ。「その欲求は、人間の場合は、母性への欲求に還元されます。自分はそこから生まれたという理屈も、いずれは理解され、その時点で欲求は満たされる。そうでない場合も、代替を求めて処理されるようです。ウォーカロンには、最初から欠如している要素なので、いわば痼《しこ》りとなって精神構造に残留します。人間の場合でも、その異質な荷重のような作用で、全体構造のバランスが影響を受け、反社会的な精神を構築する切っ掛けになると分析されています。科学的に充分には解明されていませんけれど、実例は多い。統計的には定説となっているものです。ですから、ウォーカロンでは、あらかじめ処理されるようになりました」

僕は、視線を上に向けた。

「どのように処理するのですか？」彼女が言った。「そうおっしゃりたいのですね。ええ、その手法は幾通りかありますが、大きく分けると、ウォーカロンは生きているわけではない、機械が進化したものだ、という教えか、あるいは、ウォーカロンはある一人の人間から作られ、その人の生まれ変わりといえる存在である、という教えかのいずれかです。教えといっても、言葉で教えるわけではありません。主たるものはイメージです。むしろ、鮮明でないものが効果があります。ぼんやりとした絵と、曖昧な物語に近い。夢を見させるような操作です」

僕は小さく頷いていた。なるほどな、と思った。そのいずれも、結局は母性をどこかに求めることでは共通しているだろう。おそらく、幼《おさな》いときに植え込む概念的イメージのはずだ。精神がそれで安定するという理屈は、今一つ理解はできないものの、納得してしまう力強さはある。

「デミアンと同タイプのウォーカロンは、それ以前、古くからありました。どうして、デミアンの場合にはプレ操作で、その欲求が抑制されなかったのか、と疑問を持たれましたか？」

　僕は軽く首を横にふった。

「さすがに、演算が速い」彼女は微笑んだ。「そういうことなのです。私自身、充分に把握していませんでした。もちろん、そのようにデザインされたタイプではありません。たぶん、副作用といっても良いような、イレギュラな通信回路が構築されたということです。ニューラルネットは、予想以上にあらゆるものとつながりたがる性質を持っているようでした。生物の驚異と呼ぶに相応《ふさわ》しい現象といえます。先生、あの方がいらっしゃいました。私はこれで失礼します」

　彼女の躰は、霞むように滑《なめ》らかに消えた。僕の錯覚だろうけれど、僅かな香りが残っているように感じられた。

　周囲を見回すまでもなく、視線の先にロジがいて、僕を見つけたところのようだった。こちらへ近づいてくる。この村では、ロジは金髪の白人だ。まるで十代のようなファッションで、今にも音楽に合わせて跳び上がり、脚を両側へ広げるのではないか、と心配になる。

「珍しいところにいらっしゃいますね」ロジが顔を近づけて言った。

「青い目の女性に会った、という夢を見ていたんだ」

「ジョークですか？」

「うん」僕は頷いた。

ロジは眉を顰めた。ジョークではないことが伝わったようだ。

「そのうち、話す」僕は言った。

「お客様がいらっしゃいました」ロジは振り返った。大勢が集まっている辺りから、赤い服を着た太った老人が姿を現した。真っ白な顎鬚が印象的だった。こちらへ視線を向けたように見える。

「誰？　サンタクロース？」僕は呟いた。

「サンタクロースです」ロジが真面目《まじめ》な表情で答える。

白鬚の老人は、僕に三メートルほどまで近づいたところで、少し前傾姿勢になり、左右に腕を動かした。足も動いているが、前には進まない。スケートをしているような格好だった。

「何ですか？　それは」僕は、笑いながら尋ねた。そのジェスチャの意味がわからなかったからだ。

「今から、君のところへ行こうとしているんだ」顔を上げて、老人は言った。にやりと笑って、指を一本立てる。顔の変化のし方に、見覚えがあった。

「近づくほど重力が増して、時間の流れが遅くなるわけですね？」僕はジョークを言った。ブラックホールのことだ。

5

「まだ、一時間以上かかると思われます」ロジが僕の耳許で囁いた。事務的な口調だった。こういうとき、何故か自分がロバになったように感じる。

サンタが到着するまでの時間のことのようである。目の前の白鬚の老人は、今は走っていない。突っ立ったまま動かなくなり、数秒後にフェイドアウトした。どうやら、ログオフしたらしい。

「何のために、ここへ来たのかな」僕は溜息をついた。「私を喜ばせたかった、ということかな」実際喜んでいたので、効果はあったと思われる。

ロジは、飲みものを持っていない。来たばかりのようだ。周囲を見回している。僕と同じものが見えているのだろうか。そういった保証は、実のところまったくない。システムによる裁量が許されている部分だ。ヴァーチャルとはいえ、身近に見えるもの、手に取るものが、個人によって変化することには、意見が分かれるところで、年齢の高い層には受け入れられていない。僕も、どちらかというと、反対の立場だ。共有できるものは、できるだけ多い方が良く、個人の自由が及ぶ範囲に制限がある方が、現実に即している。社会とは、本来個人には不自由な存在ではないか。

「デミアンは、現れましたか？」ロジがきいた。

僕は首をふった。今ここに彼がやってきたら、どうするだろう、と考えて、想像してみた。ここだったら、警察や情報局に捕まる可能性が幾分低い、というだけのことかもしれない。

そこで、僕は彼の別れの挨拶を思い出していた。彼は、「この世で」と言ったのだ。ヴァーチャルであれば、「あの世」ではないだろうか。

「この世というのは、あの世ではない、という意味だ」僕は呟いた。ロジに聞こえたはずである。

彼女は、僕に眼差しを送ってきたが、口は開かなかった。やがて、視線を下に向けてしまった。考えているようだ。

「その言葉は、インドではよく使われているようです」ロジが口を開いた。どうやら、調べていたようだ。

「インドで？」僕は首を傾げる。

「あの世では、誰だって再会できるから、そうではなく、生きているうちに会いましょう、という意味だそうです」

「死んでも会えるというわけか……」アルコールの香りが恋しくなっていたけれど、置いてきてしまったので我慢をした。「インドねぇ……。ああ、もしかして……」

「何ですか？」

「あそこに、ロボットがいたね。カナダの技術者が作ったという」

「私は、見ていません。明日来る妹に聞いてみましょうか？」

明日来る予定になっているのは、ウォーカロンの局員である。彼女が、僕とインドへ行ったとき、そのロボットを倒した。緑のオイルを流して、ロボットは息絶えた。

そう、なんとなく、デミアンから連想したのだ。似ているわけではない。動きだろうか、機敏さだろうか、力強さだろうか。屋根から屋根へ飛び移った超人的な運動能力からの連想だったかもしれない。

ここへ来るまえ、夕食のすぐあとに、僕とロジは、デミアンがロボットを倒すところの映像を見た。彼女が警察に要求し、送られてきたものだ。

おそらく、もっと解像度の高いものが撮影されていたはずだが、僕たちに届いたものは、遠く引いたアングルで、音もなかった。ほぼ、想像したとおりに、デミアンは仕事をした。ロボットの首を切り、道路を横断して、ウォーカロンを斬りつけ、横の壁から塀に上り、そこから屋根にジャンプ。そのあと、道を越えて、僕たちの家の屋根に飛び移り、ロボットを倒して、下へ突き落とした。これらすべてに、十秒もかかっていなかった。

ロボットもウォーカロンも銃を持っていたし、発砲もしているが、まるで効果がなかった。いずれも、止まるように警告していたようだ。その分、発砲が遅れた。当たらなかったのか、当たってもデミアンには効かなかったのかは不明だ。デミアンの躰の中に、緑のオイルが流れている、とも連想した。根拠のない発想である。

ロジは、こんな映像ではなにもわからない、と怒っていた。日本の情報局を通して、再度詳細なデータを要求する、と息巻いていた。しかし、ヘルゲンがわざわざ訪ねてきて、デミアンに関する極秘情報も話してくれたのだ。つまり、こちらの身分や立場もわかっているし、敵対しているわけではない。むしろ協力をしたい、と考えているはずである。それでも、あの程度の映像情報しかない、というのは、もしかしてかなり旧式のシステムなのか、それともなんらかの不具合で、記録が完全に残らなかったのかもしれない。当然ながら、デミアンがその処置をした可能性もある。

もっとも、倒されたロボットやウォーカロンに、映像記録が残っているはずである。このような任務を遂行するタイプならば、標準で備えているはずの機能だろう。ロジが自分の目で捉えた映像記録を展開したものも見せてくれたが、屋根からのジャンプシーンだけで、ブースタのような特殊な装備は映っていなかった。速度解析を行った結果、屋根を蹴っただけではなく、空中で加速していることから、推進装置の存在が確実視されたけれど、どのようなものか、映像からは不明だった。リュックを背負ったままだったから、そこに仕掛けがあるのではないか、とロジは推測している。

せっかく久し振りに来た村なので、広場に出て、しばらく霧の中を二人で歩いた。街灯の光が、鈍く大きく見える。まるで水中にいるようだった。それでも、見上げると紺色の夜空が一部だけ認識できる。なかなか見事な再現だと思った。というよりも、現実にはこれほど幻想的で美しい風景は存在しないだろう。どこかに、人間の願望が含まれ、希望と懐古を醸《かも》し出《だ》しているように思える。ヴァーチャルの世界が「行き過ぎ」だと非難されるのも、この点である。

この村に最初に来たときは、四時間も歩き回った。見るものがすべて珍しく、まるで観光客のような二人だった。その当時、ロジは過酷な任務を解かれ、希望した質素な生活の中に解放感に近いものを抱いていたことだろう。あとになって、それがわかる。ただ、最近の彼女は、またもとの緊迫した日々に戻りたがっているように見受けられる。今日、銃を構えた彼女を久し振りに見て、僕はそう感じざるをえなかった。これは、少し寂《さび》しいことかもしれない、とも思ったけれど、けして口にしてはいけない、と自分に言い聞かせた。

自宅の地下室に戻った。単にログオフして、ゴーグルを外すだけのことだが、いつも「帰ってきた」あるいは「帰ってこられた」という安堵《あんど》感を抱く。深呼吸というか、大きな溜息をついてしまう。

「マガタ博士に会ったのですか?」すぐ隣にいた、ロジがこちらを向くなりきいた。

「うん」僕は頷く。

「そうですか……。どうして、私には姿を見せなかったのでしょう?」

「君がいなかったからだよ」

「いました」

「まあ、そう、むきにならずに」

「それで、デミアンのことを話したのですか?」

「そう……。デミアンがロイディのことを捜しているのは、自分のルーツを知りたいからだ、と」

「ルーツ? 出生のことですか? 先祖のことですか?」

「たぶん、そんな意味だと思う」僕は頷く。ずっと躰は座っていたので、立ち上がって、数歩歩いた。「ルーツを知りたい本能みたいな欲求を抑制する操作を、ウォーカロンの通常の生産過程で行うけれど、それをしたにもかかわらず、彼には効かなかった」

「どうしてですか?」

「どうしてだと思う?」僕は微笑んだ。

「わかりません。教えて下さい」

「デミアンのルーツは、ロイディなんだ。つまり、彼は、自分の頭脳以外の頭脳を内蔵している」

「え?」ロジは首を傾げた。「マガタ博士が、そうおっしゃったのですか?」

「言わない。でも、私が理解したことを、ご存じのようだった。ロイディの体内には、マガタ博士の子孫の頭脳が入っていた。同様のタイプが作られていた可能性はある。時代が違うから、さらに技術的な進化があったはずだ」

「その場合、頭脳というのは、ウォーカロンの頭脳ですか？　ダブルヘッダみたいなストラクチャでしょうか？」

「ウォーカロンでは、おそらく意味がない。効果が薄い、と思う。ウォーカロンは、人間よりも画一的だ。選ばれた遺伝子の個体数が圧倒的に少ない。そうしないと、クローン技術として、違法になってしまうため、そこを自主的に避けている。それに、ウォーカロンだったら、頭脳を二つ入れるくらいなら、二人作った方が良い。頭脳だけを生み出すことはできないんだからね」

「では、人間の頭脳を入れている理由は？　人間の頭脳を、どこから調達するのですか？」

「想像だけれど、人間の頭脳の方から、それを望むだろう」

「そんなことって……、あるでしょうか？」ロジは、目を見開いた。彼女には、衝撃的なイメージらしい。そう言われてみれば、そうかもしれない、とようやく僕も思った。

「では、言い直そう。人間の頭脳を入れている、というよりは、人間の頭脳が、ウォーカロンに乗りたがった。まあ、そんなところだろう。新しい肉体が欲しいと考える人間はいくらでもいるんじゃないかな。メカニカルなものでも、有機であっても同じだ。その肉体に、自律系の臓器である脳が付随していても、不思議ではないし、むしろオプションとして評価できる」

「邪魔ではありませんか?」

「違和感を抱く人もいれば、抱かない人もいる」

「そうですかぁ」ロジは、言葉尻《ことばじり》を上げた。

「邪魔だと考えるのが、既に人間的だし、個体のストラクチャに囚《とら》われている、と見ることもできるね」

「じっくりなにかを考えている間でも、肉体の運動や判断を任せられるというのですか?」

「そうそう。それくらいのメリットはある」

「その程度のメリットではないでしょうか?」

「強靱《きょうじん》な肉体と天才的な知性が同居できるかもしれない」

「うーん」ロジは腕組みをした。「ちょっと信じられない感じですね。そもそも、どこにもう一つ脳が入りますか? ちょっとイメージできません」

「そうだね。うーん、たとえば、あのリュックとか」僕は言った。

「え……」ロジは顔を顰めた。「それは、単なる思いつきですか?」

「単なる思いつきだよ。というか、思いつきっていうのは、だいたい単なるものだけれど」

「そんなことはありません。観察事項や得られた知見に沿った推測もあります」

「それは、発想ではない。計算結果だ」

「どちらでも良いですけれど、ああ……」彼女は溜息をついた。「気持ち悪くなってきました。コーヒーを淹れましょうか？」

6

午後十時過ぎに、家の前にコミュータが停《と》まった。中から出てきたのは、鬚の老人だった。もう一人、背の高い女性が一緒で、彼女がさきに降り、老人に手を貸した。

僕は、彼を知っている。ドイツが誇る科学者ハンス・ヴォッシュ博士である。僕の倍も生きている大先輩だ。同伴の女性は、助手のペィシェンス。彼女は、クラシックタイプのウォーカロンで、生産されたのは百年以上まえだと聞いている。ただ、一度リセットされているので、古い記憶はないらしい。

僕とロジは、玄関の外で二人を出迎え、一番奥のリビングまで二人を通した。この家には応接間はない。リビングも二人が座れるソファが一脚あるだけだ。ここにゲストに座ってもらい、僕は木製の椅子に腰掛けた。ロジはお茶の用意のためにキッチンへ戻った。彼女が座る椅子はない。キッチンから持ってくるか、それとも立ったままでいるしかない。

「久し振りだね。キョート以来かな?」

「そうですね。でも、ヴァーチャルではお会いしていますから」僕は答える。そちらだったら、半年振りくらいだったし、ついさきほどのサンタクロースも、会ったといえるかもしれない。

「ドイツにいるんだから、もっと頻繁に会っても良さそうなものなのに」

「ええ、そう思います。近いといつでも会えると思ってしまって、かえって計画しないから、ずるずると失礼を重ねてしまいました」

「失礼ではない」ヴォッシュは大袈裟《おおげさ》に首をふった。「それよりも、私がどうして突然ここへ来たか、という話をしなければならない」

「たぶん、デミアンのことでしょう」

「そう、そのとおり。情報局から聞いた。ヘルゲンという男からだ。彼とは、もうずいぶん長いつき合いになる。いや、親しいというわけではない。むしろ、その逆だ。私は今でも注意して彼に接している。何を考えているのかわからない。頭が切れる。優秀な情報局員だよ」

「そんな感じでした」僕は頷いた。

「デミアンに関する詳しいデータは、多くはない。聞いたとは思うが、極秘のプロジェクトだったらしく、全貌《ぜんぼう》が明らかになっていない。HIXがまだ健全な時代の話だ。フスの傘下になるとき、膨大なデータが焼却されたとも聞いている。その消えた情報の一つだ。日本にも、関係者がいる」

「誰ですか?」

「ドクタ・クジだよ。知っているかね?」

「クジ・マサヤマですか?」

「そう」

「ええ、知っています。ずいぶん昔の方です」

「私よりは、少しだけ歳上かもしれないが、そんな程度だ。もちろん、亡くなっている。まちがいなく、現在のウォーカロン産業の基礎を築いた人物の一人だ」

「HIXと関係があったという話は、聞いたことがありませんが」

「うん……、いや、どことも深い関係はない。彼は、アメリカの大学にいたが、日本で、ある事件のあと警察の聴取を受けた。その後、行方不明になった。だが、発見されたときには、亡くなっていた。遺体は確認されている」

「そうなんですか。キョートの博物館に、資料が残っています」

「そうそう。それは知っている。たいていのものは調べたよ」ヴォッシュは微笑んだ。

「私の趣味だ、こういう考古学的な調査が大好きなんだ。日本では、誰も関心を持っていないようだが、どうしてなんだろう? なにかのタブーなのかね? そんなふうに見えることがあるが……」

「タブー? ああ、もしかして、マガタ博士関係のことだからでしょうか」

「日本は、彼女に対して、マイナスの感情を抱いているのでは?」ヴォッシュは片目を細くして言った。

これは、二十世紀に起こった殺人事件のことだろう。マガタ博士は、自分の両親を殺害した罪に問われた。裁判では有罪にはなっていないものの、当時の社会、日本国民がどんな感情を抱いたのか、想像に難くない。たとえ無罪であったとしても、殺人者であることの認識は消えなかっただろう。だが、それから二世紀が過ぎているのだ。天才科学者が、生き続けているのかどうかも、正確なところはわかっていない。その人格に対しては、今では一部の者たちの崇拝の対象になっているが、実践的な場面では認められていない、という解釈が妥当なところだと僕は認識している。

しかし、一つ疑惑があるとすれば、もしかして、自分はその一部の者たちに属するのではないか、という点だろう。

これは、正直なところ、わからない。自分は、マガタ博士を評価しているし、尊敬している。犯罪者とは、もちろん考えていない。ただ、彼女が本当に人間なのか、二百五十年も生き続けている一人の人格、一つの頭脳なのかは、素直に受け入れることが難しい。あまりにも破格であり、人間の限界を超えているように思われるからだ。

「実は、つい一時間ほどまえに、マガタ博士と会いました」僕は、話すことにした。

ヴォッシュは、眉を寄せ、難しい顔になった。

ヴァーチャルの村でのことを、掻《か》い摘《つま》んで話した。デミアンについて、ルーツを捜しているという指摘、また、プレ・インストールが効かなかった点から、頭脳が複数あることを示唆《しさ》したことなどについてだった。

ロジが、二人分のコーヒーを運んで部屋に入ってきた。ペイシェンスは物理的に飲まないし、ロジもいらないということだろう。もっとも、キッチンにいるときから話は聞いていたはずだ。彼女は、そういった能力をオプションとして装備している。

僕は、コーヒーを一口飲んだ。ヴォッシュもカップを手に取った。ロジは、座るところがなく、壁際に退いた。

「デミアンが、君のところへ来た理由は、そのロイディというロボットだね?」

これについても、ヴォッシュには詳しく話していなかった。特に、日本の情報局から口止めされていたわけではない。当時は、僕自身がロイディのことを詳しく知らなかったからだ。その後に得られた知見を交えて、簡単に説明した。

ロイディの中に、おそらく胸部だと考えられるが、人間の頭脳が格納されていた。その頭脳は、マガタ博士の子孫のものであり、それは、亡くなった人間の細胞から再生されたクローンだった可能性が高い。マガタ博士は、エジプトでその頭脳を持ち帰ったが、その後の話は聞いていない。そんな内容だった。

「先駆的な技術だったとは思うが、今となっては、特に珍しくもない」ヴォッシュが話した。「多くの点で違法行為になるだけだ。そのデミアンのプロジェクトが不発に終わったのも、おそらくは法的な問題をクリアできなかったのではないか。少なくとも、世界の半分ほどでは、無理だったと思う」

「頭脳を二つ持つことに、メリットはありませんか？」僕は尋ねた。

「わからない。誰もやったことがない。どうなると思うね？　CPUが二つあるのとは、次元が違う。お互いに人格を形成するのか、それとも融合して一人になるのか、そこもわからない。メリットはあるのかもしれないが、むしろ、肉体が一つだというデメリットの方が大きいだろう」

「奇形として、その種の条件は稀《まれ》に現れます。たとえば、爬虫類《はちゅうるい》などには多いのではないでしょうか？　おそらく、肉体が一つだというデメリットを解消することはできないと思いますが」

「ただ、人間の頭脳が二つではない。片方は人工知能だ。当時のウォーカロンは、そうだった。さらに……、肉体は一つだが、これはおそらく出力部がメカニカルな組織になる。エネルギィ的な問題は解消されるはずだ。とすると、さほどのデメリットはないかもしれない」

「手も脚も、二本しか使えません。目も二つだけで、一箇所しか見られない。せっかくの複数頭脳が活《い》かせるでしょうか？」

「あのぉ……、ちょっとよろしいですか？」壁にもたれて立っていたロジが、片手の平を見せる。僕とヴォッシュは彼女の方を向いた。「ロボットに、人間の頭脳を搭載するという実例はあるのでしょうか？　それから、デミアンがそのタイプだというのは、単なる想像というか、根拠がないように私には思えますが、いかがですか？」

「ロボットに人間の頭脳を載せることは、メリットがほとんどない」ヴォッシュが答えた。「兵士であれ、作業者であれ、貴重な人間の頭脳を危険に晒《さら》す行為でしかない。また、法的に禁止されている。しかし、今生きている人間の中には、既にこれに近いものが存在するだろう。つまり、頭脳が望めば、自らメカに乗り込むことは禁止されていない、というわけだね」

「ロジの後半の指摘は、まあ、だいたいそのとおり」続けて僕が答える。「単なる私の想像……。妄想かもしれない。でも、マガタ博士は、そう言っていたように思う。確固たる証拠はない」

「二つの頭脳でも、ロイディの場合、ちょっと機構的に違っていたように、私は受け取りましたけれど」

「ああ、そうか……」ロジの顔を見て、僕には彼女が考えていることが一瞬で読み取れた。「ロイディは、人間の頭脳を内蔵していたけれど、二つの頭脳で一つのボディを制御するためにあったのではない。近くに、もう一つ人間の肉体があって、そちらを動かしていただけで、頭脳とボディは、あくまでも一対一だった」

「それこそ、メリットがなにもない」ヴォッシュが指を立てた。「何のために、片方に寄せて、二つ入れたんだね?」

「エネルギィ的な問題かと思われます」僕は答えた。「時代的な条件があったためでしょう。人間側のボディは、比較的小型で、入らなかった、ということかと」

「どうして、そんな小さなボディにしたのかね?」

「それは、愛着というものではないでしょうか」

「なるほど。では、苦肉の策でそうなっただけのことか?」

「そうだと思います。ただ……」僕は、ここで考えていたことを口にした。自分の発想を言葉にまとめるのに数秒間かかった。「工学的なデザインの観点からすれば、同じボディの中にあって、同じエネルギィを使っていて、まったくリンクしないなんてことはありえないというか、そうは絶対にしない、と思います。脳だけをただ生かしているのでは、それこそ本当に意味がない。なんらかの補助回路を設定したはずです。それが、どのようなものかわかりませんが、少なくとも、二つの脳の連係したコントロールを想定したもの、つまり、ニューラルネット的に構築することを想定したプログラムだったのではないか、と想像します。もし、自分がそのシステムの設計者だったら、それをしないなんてことは、工学的にありえません」

「なるほど。説得力のある意見だ」ヴォッシュが僕を真っ直《ま》ぐ《す》に見据えて言った。やがて、表情が崩れ、にっこりと笑った。「ここまでやってきた甲斐《かい》があった」

「そう、危険はなかったのですか?」僕は尋ねた。

ヴォッシュは、電子空間の争いに巻き込まれる可能性のある人物として、普段は政府の完全防御エリア内で生活している、と聞いていた。国内とはいえ、こんな辺鄙《へんぴ》な田舎《いなか》町へ、護衛もなしでやってくることは不自然だ。

「護衛はいる。近くにいないだけだ。それに……」ヴォッシュは指を立てた。「警察もいるし、情報局もここを包囲している。今、ドイツで最も安全な場所だと保証するよ、ここは」

「しっかりと護衛をお願いします」僕は、ペィシェンスに話しかけた。今まで、彼女はずっと黙っていた。ウォーカロンとはいっても、彼女は限りなくロボットに近い。僕の言葉に、彼女は無言で頷いた。

「君が話してくれたお返しに、私もちょっとした秘密を打ち明けることにしよう」ヴォッシュが言った。

「何でしょうか?」僕は、彼に視線を戻して微笑んだ。

「もうずいぶんまえのことで、すっかり忘れていたのだが、最近、ロイディのことを小耳に挟んで、思い出したんだ」ヴォッシュは両手で器を作るような仕草《しぐさ》を見せた。「私が、このパティを手に入れたとき、彼女はそれまでのデータを容量の限界まで使って保持していた。だが、システムが変調を来《きた》していたから、エラーの連続でまともに動かなかった。正常な状態に戻すには、新しいシステムをインストールして、それまでのデータをリセットしなければならない。それは、彼女の歴史を消すことに等しい。ただ、そのときは救いたい一心だったし、当時は、そう……、ウォーカロンの人権なんて概念もなかった。ロボットと同じものと見なされていたんだ」

ヴォッシュの話を、ペィシェンスは瞬《まばた》きもせず聞いていた。表情は変わらない。

「特殊なコードで記録されているから、元のシステムを通さないと、データが解読できない。リセットすれば、システムもろとも、すべて消えてしまう。エラーが頻発する状況で、何度もトライして、彼女と対話をした。彼女が覚えている映像も見せてもらったし、それまで何をしていたのかも、少しだけだが、話を聞くことができた。彼女は、もともとはフランスにいたようだが、どういうわけか日本に移ったそうだ。彼女自身、どういった経緯だったか思い出せなかったのだが、ただ、私にこう言った。ロイディについていった、と」

「本当ですか?」僕は驚いた。すぐにペィシェンスの顔を見たが、彼女は小首を傾げるだけだった。今は覚えていないことなのだから、しかたがない。

「ロイディという名は、単なる偶然かもしれない。ついていった、の意味もわからない。ただ……、日本という点では、なんとなく一致している。君が知っているロイディは、日本にいたロボットだ。エジプトへ渡った経緯は、知っているのかね?」

「いえ、知りません。キョートでなにか事件があって、ロイディの中にあった頭脳のボディだったサエバ・ミチルという人物が殺されました。ただし、その死体には首がなかった。その首は発見されませんでした。そのためなのか、クジ博士が警察に疑われることになったようです。ロイディは、そのときまでは日本にいたはずです。サエバ・ミチルから離れることはできなかったからです」

「ドクタ・クジが、ロイディの秘密を隠蔽《いんぺい》するために、そのサエバという人物の頭部を持ち去った、ということだね?」

「ええ、そういう想像が成り立つと思います。殺人の容疑がかかっても、それを公にはできなかったのでしょう」

「その頭部には、何が入っていたのかな。つまり、通信機か……」ヴォッシュは言った。

「そちらには、頭脳がなかった。ロイディと通信するデバイスがあっただけだ。だとすると、価値はほとんどない。おそらく、二度と日の目を見ない場所に廃棄されただろうね」

「同時に、ロイディは追及を恐れて、エジプトに渡ったのではないでしょうか。クジ博士が、ロイディの捜索願いを出した記録が残っていました。彼は、ロイディの行方を知りたかった」

「そのタイプのロボットが自発的に、違法な行動を取るとは考えにくい。誰かが指示をした。おそらく、最初はドクタ・クジが指示をした。だから、エジプトへ行ったんだ。そのあと、何があったのか……」

「そこで、さきほどの話に戻ります」僕は言った。「自律系ではあっても、自発的な行動を取らないようにデザインされているから、周囲もそのように彼を見ている。でも、人間の頭脳が載っているのです。しかも、その頭脳は自分のボディが消滅したことを知っている。ここで、最初から用意されていたエマージェンシィ回路が立ち上がったのではないかと」

「なるほど、そこまで考えていたのか、君は」ヴォッシュは鼻から息を漏らした。「つまり、指示は受けたが、その後、内部の頭脳が目覚めて、ロイディは勝手な行動を取り、行方がわからなくなった、というわけだね」

「わかりませんけれど、その種の回路があれば、人間の頭脳は、あっという間に新しいボディを支配しようとするはずです」

「ありうる。そうなると……、パティのシステムがジレンマに陥《おちい》っていたのは、ロイディの影響かもしれない。どれくらいの期間、彼と一緒だったのかはわからないが、そもそも、ついていったのは、パティの自由意思ではない。主人が指示したはずだ。その命令に従って、彼女はついていった。ついていくとは、ようするに、ロイディから学ぼうとしたのだ。尾行するという意味ではない。ロイディには学ぶべき価値があったということだし、また、パティの頭脳では、それを受け入れるキャパシティがなかった。彼女には、人間の頭脳が搭載されていない。その差があった。ロイディが、人間の頭脳とニューラルネットを築いた証《あかし》ともいえるだろう。とすると、日本を発《た》って、エジプトへ渡った以降も、パティはロイディと一緒だった可能性がある。だから、彼女はドイツで保護された」

「そうですね」

「いずれにしても、ずいぶん昔の話だ」ヴォッシュは、そこで溜息をついた。「さてと、では……、これで失礼しよう。実に有意義な訪問だった。ありがとう」

彼は、そこですっと立ち上がった。百六十歳を越える老人とは思えない。

「どちらに泊まられるのですか?」僕は尋ねた。

「いや、どこにも泊まらない。このまま帰る。移動中に寝ることになるね」

「お疲れになりませんか?」

「心配は無用。また、近いうちに会うことになりそうだ」

「そうなんですか?」

「いや、根拠はない……。じゃあ……。あ、マドモワゼルも、えっと……」

「ロジです」

「おお、ドイツ名か。私の好きな名だ。ありがとう。会えて嬉《うれ》しかった」

ヴォッシュは、ロジに躰を寄せ、軽く背中に腕を回した。そのあと、ペィシェンスが開けたドアから、若々しい足取りで出ていった。最後に、ペィシェンスが室内に向かって頭を下げた。

7

ヴォッシュのコミュータが遠ざかるのを見送ったあと、僕はしばらく家の前に立っていた。まもなく午後十一時半になる星空を眺《なが》め、向かいの建物のシルエットと、仄《ほの》かに光る窓を見た。もちろん、周囲に人の気配はない。宇宙の沈黙が地上に降りてきたような静けさだった。

気がつくと、すぐ後ろにロジが立っていた。以前の彼女だったら、危険だから、寒いから、と家の中へ導いただろう。彼女は宇宙と同じく黙っていた。この頃の彼女はこんなふうだ。たぶん、僕にそんな指導は無駄だと気づいたのか、あるいは、それはもう彼女の仕事ではないと解釈したのか、いずれかだろうと思うけれど、直接彼女にきいたことはない。以前の僕だったら、きっと尋ねていただろう。不確定なものが簡単な手続きで解消するならば、けして躊躇《ちゅうちょ》はしなかったはずだ。今は、それをしない僕がいる。僕も、そんな沈黙を覚えた。

なんとなくではあるけれど、彼女が僕を許してくれているような気がするのだ。許すという言葉は、もしかしたら不適切かもしれない。見逃してくれているのではなく、認めてくれている、に近い。そんな温かみを感じるから、僕も彼女に無粋《ぶすい》なことはきかないようにしよう、と思った。たぶん、そんなところではないだろうか。

日本にいるときには、僕たちは地下深くに籠《こ》もって生活していた。その施設で、プライベートも仕事も成立していた。僕がそこを出ることになったとき、僕自身さほど大きな決断をしたつもりはない。ちょっと、もうそろそろ別のところへ行きたい、多少で良いから生活に変化が欲しい、と思ったのだ。

一方、彼女は、僕についてくる、という大きな決断をした。僕はとても驚いた。彼女の決断は、それまでのキャリアを棒に振る選択だった。組織では、もちろんそんな身勝手は許されない。彼女は、退職する覚悟だったのだ。幸い、組織の上司が彼女を引き止め、数年間限定で、海外派遣の任務に就《つ》かせることになった。これは、研修に相当するもので、給与は半額しか支給されないらしい。ただ、任務が終わったあとの復職が約束されている。彼女は、それを承知しなかった。だけど僕は、その選択が彼女にとって最適だと話した。

「それはショックです」そのとき、ロジは僕に言った。「私の決断が、そんなに軽いものだとお考えですか？」

「いや、違う。でもね……、人間、どうなるかわからない。うん、たとえば、私が明日にも死んでしまうかもしれない。その場合、君はどうする？　考えている？」

「そんなこと考えていたら、生きていけません。それ以上変な話をしたら……」

「どうする。もう見切りをつける？」

「いえ、泣きます」ロジは無表情のまま言った。

この言葉に、僕は大いに動揺した。次の言葉が出なかった。

しかし彼女も、そこが落としどころだと納得したらしく、給料半分の条件を承諾した。だから今も、彼女は僕のボディガードだということ。ただ、強力な銃は使えなくなったし、普通の銃だって、ドイツで許可を取り直さなければならなくなった。職業としては使えない。国際的な権利もなくなった。彼女自身、それが一番のデメリットだ、と悲観した。

そういうわけで、静かな二人だけの生活が始まった。最初の頃は、この家の防備を整える改造工事が頻繁に行われたけれど、それも四カ月ほどでほぼ終了した。その後は、遠くへは出かけず、ほとんどこの地で過ごしている。クルマに乗ることもない。近所の散歩だけ。僕は、どこかへ行きたいと思わない人間だし、ロジも安全が第一だと主張して、おおむね賛同してくれた。

表向き、僕は楽器職人なので、その振りをしている。誰かが見にくるわけではない。ロジは、エンジニアになっているが、機械を取り扱っているわけではない。コンピュータのソフトウェアだろうか。彼女は、最低限のレベルで情報局員の仕事をしているだけだ。端末に向かっている時間が、そのままエンジニアの姿に見えなくもない。

最も頻繁に会うのは、向かいの大家夫婦だが、この二人は、僕たちの素性を知らない。詳しく尋ねられたこともない。日本から来たカップルと認識しているものと想像される。こちらも同じで、イェオリが文筆家で、ビーヤは主婦のようだ、という以外には、ほとんどなにも知らない。家族の話は聞いたことがないし、いつからここに住んでいるかもわからない。年齢も不明。僕より上かどうかも微妙なところだ。そんな話をすれば、性別だって本当のところはわからない。イェオリが男性っぽく、ビーヤは女性っぽい外見だ、というだけのことである。

幸い、ドイツへ来てから、本当に静かで平穏な毎日だった。日本にいたときも、ずっと僕はそういう人生だったのだ。ただ、最近のほんの短い間だけ、多少特別だった。まるで、サラダに唐辛子が混ざっていたときみたいに、折れ線グラフが跳ね上がった時期だった。これからさきも、こんな波乱の連続だったら大変だ、と何度も思ったけれど、それはあっけなく終わったようだ。

静かになってみると、あの波乱の期間がとても懐《なつ》かしい。ロジとも、夕食のあとにその話をすることがよくある。思い出しているうちに、二人とも笑顔になる。まるで、遊園地のアトラクションに乗ってきたみたいだ。興奮が再生される、とでもいうのだろうか。

かといって、リアルなリスクを望んでいるわけでは、もちろんない。やはり、安心して、のんびりと生きている方が、僕は性に合っている。ロジも同じかどうかはわからない。彼女は活動的な女性で、僕とはあらゆる面で正反対だから、たぶん、静かな生活を退屈だと感じているのではないか、と懸念している。そんな言葉を聞いたことは一度もないけれど。

日本を離れてからというもの、ウォーカロン・メーカの動静にも疎《うと》くなった。ニュースくらいは耳にしている。たとえば、生殖が可能になる治療が今にも正式発表になる、と思われていたのだが、続報はない。ウォーカロン・メーカも同業界も沈黙している。鳴りを潜めているのか、それとも時期を窺っているのだろうか。

また、電子空間で勃発《ぼっぱつ》するかと思われた勢力争いも、その後、表面化する顕著な事態は観察されていない。何度か、知合いの人工頭脳に情報を求めたのだが、「いえ、停滞しています」あるいは「小康状態でしょうか」といった返答を聞くばかりだ。

想像するに、誰も急いでいない、ということだろう。急ぐ理由がない。時間はいくらでもある。誰も死ななくなり、未来は永遠に引き延ばされた。両陣営は、ただ演算を行い、確率が高いものを見つけ、確実な小さな勝利しか取りにこないから、成果を交換し合っているような状況が継続しているものと思われる。

均衡した条件は、なんらかの切っ掛けがないかぎり変わらない。しかし、その切っ掛けが発生すること自体、シミュレーションが尽くされているので、誰にとっても驚くべき異変ではない。すなわち、揺らがない安定した社会になりつつある、ということはいえるかもしれない。

その初期の段階で、ちょっとした小競《こぜ》り合《あ》いがあったというだけだ。主な引き金は、チベットでアミラが覚醒《かくせい》したり、北極海《ほっきょくかい》からオーロラが浮上したことだった。アミラもオーロラも前世代のスーパ・コンピュータだったけれど、テクノロジィは最近では停滞しているので、新しいものと性能的な差は少ない。それらの波紋は、世界中に広がったあと、しだいに揺れが小さくなり、再び以前と同じ静寂を迎えようとしている。

僕はといえば、研究は個人的な活動になった。端末さえあれば考えることができるし、研究者仲間とのコミュニケーションにも支障はない。人工知能との情報交換は、今はオーロラ経由で行っている。彼女は、日本にいるけれど、もともとリアルな人格ではない。今はオーロラのポータブル端末で、ロジにそっくりのロボットには、会えなくなって久しい。

ヴァーチャルでも現れてくれるけれど、僕にとっては、実感がない。やはり、現実で会いたいものだ。ただそれは、ほんの少し、ときどきふと思う程度の願望であって、溜息とともに消し去ることにしている。

そんな平穏な日々だったからこそ、デミアンの訪問はインパクトがあった。そう、こんなアドベンチャがかってはあったな、と思い出した。体温が少し高くなったのではないか、と感じる。かつての火照《ほて》りを、躰はまだ覚えているのかもしれない。理性では認識できない曖昧かつ希薄な名残《なごり》のようなものとして。

ヴォッシュが帰ったあとも、ロジとキッチンで話した。一時間くらいだっただろうか。話は堂々巡りで、新しい発想はない。得られているデータが、あまりにも少ないから、想像は一方向へしか伸びなかった。

「もう、お休みになった方がよろしいのでは？」数秒間の沈黙を破って、ロジが言った。

「うん」僕は素直に頷いた。「明日以降、何が起こると思う？」

「明日は、彼女が来ます」日本からやってくる情報局員のことだ。

「警察とか、ドイツ情報局とかは？」

「デミアンを追っているのであって、私たちに興味があるとは思えません」

「デミアンは、また会おうと言ったよ、この世で」

「インドのあのロボットについては、調べてみます。カナダの技師に関しても、情報を要求しているところです」

「戦闘型のウォーカロンについて、詳しいのは誰かな?」

「えっと……、私は詳しい方だと思いますけれど」

「あ、そう……、わかった。おやすみなさい」

「ついてこい」アポラットは厳しくいった。「おまえたちの魂はまだ失われてはいない」

船内には恐怖が有毒ガスのように厚く立ちこめ、暗黒が猛威をふるっていた。アポラットとその光の輪が通ると、いたる所で兵士たちが群がり集まって懸命にかれの衣の端をつかみ、慈悲の最小のかけらなりとも垂れたまえと願った。

第2章　二つ頭の男　Two headed man

1

翌日も静かな朝を迎えた。早くから日が差し、小さな窓から入った光が、反対側の壁に白い平行四辺形を作った。僕は、昨日の興奮のせいか、いつもよりもずっと早い時間に目が覚めて、メールやニュースをベッドで仰向けのまま読んでいた。

一時間ほど、そうしていたあと、着替えをしてキッチンへ行く。ロジも起きていて、すぐに温かい飲みものを淹れてくれた。コーヒーとミルクが混ざった味だったけれど、実際にコーヒーとミルクが入っているとは思えない。人工合成の味と香りでも、僕にはなんの不足もない。この世はすべて人工合成になりつつあったし、天然のものよりも、はるかに純粋で安全だ。

「彼女が、もう近くまで来ています」ロジが言った。

「どうやって来るの?」僕は尋ねた。

「空港まではジェット機です。数時間まえに到着しています。あとは……、知りません。コミュータか、それとも、ドローンでしょうか」

「直接ジェット機でこちらまで来なかったのは、なにかを配慮したんだね」

「このエリアは、上級住宅区域ですから、ジェットは緊急時以外は発着できません」

「彼女を、何て呼べば良い? きっと、新しい名前にしたんじゃない?」

「セリンです」

「セリン? へえ……、あまり変わっていないね。もしかして、綴《つづ》りは同じ?」

「知りません」

朝だから機嫌が悪いというわけではない。ロジは、もともとこんな感じだ。知らないのだから、知りませんと答える。彼女の発言は、常に正直で、おおかた最適だ。僕は、こういうところを高く評価している。自分も彼女のようにあらねば、といつも思う。歳を取りすぎている分、僕は他者を気にしすぎる。考えすぎる嫌いがある、と自己分析している。もっとシンプルに生きられたら、楽になるのではないか。その見本がロジだ。だが、一度ロジにその話をしたところ、「皮肉ですか？」と返された。

二人でテーブルに向き合って、飲みものとパンを少し齧《かじ》っていたとき、テーブルの上でホログラムが見せていたのは、ローカルニュースだった。百キロほど離れた街で、工場に対する破壊工作があった、というものだった。何の工場かはわからないが、映像では、黒い煙を上げているシーンもあった。火災も発生したようだ。沢山の警察官が、工場を包囲し、工場関係者も立入りできない状況だという。映像では、消防車が数台認められた。

「爆発物でもあるのかな」僕は呟いた。

「テロでしょうか？」ロジが言った。

工場について詳しく伝えないのは、理由があってのことだろう。おそらく兵器関係なのではないか、というのが僕とロジの一致する意見だった。報道の映像では、看板や文字が読めるようなものは一つもなかった。

僕たちが訪れたことのない街だったので、ロジが検索したところ、たしかに、国営の工場がある。それほど大規模なものではないのに、報道管制が敷かれているのは、放射性物質を扱う工場なのではないか、と二人で話したりもした。

そのうち詳しい情報が伝わってくるはずだよ、と呟きながらパンを食べていたら、急にロジが声を上げた。

「あ、今、後ろを歩いていたの……」彼女は指を差す。

だが、僕は反対側から見ているので、モニタの同じ位置は伝わらない。彼女は、映像を戻し、その部分を拡大して見せてくれた。ベージュのコートを着て、歩いていく一人の男性だが、一瞬だけこちらへ視線を向けた。まちがいなく、ヘルゲンだ。

「情報局の人間がいるということは、テロですね」ロジが言った。「夜間は、この近くで捜索していたのだと思いますけれど……」

「デミアンの関係かもしれない」ふと思いついたことを僕は口にした。

ロジは、連絡を取るために立ち上がり、壁際へ歩く。顳顬に指を当てている。日本の情報局を通しているのか、それとも直接、ドイツの情報局へアプローチしているのかはわからない。事件が発生したのは、二時間ほどまえのことだという。まだ、外部へ情報提供するほど、方針が定まっていないのではないか。

「セリンから、少し遅れると連絡がありました。今のその工場へ寄ってくるそうです。ドイツ情報局から、協力を求められたとかで……」

「どんな協力だろう?」

「さっぱりわかりません」ロジが首をふった。

その疑問への答は、二時間後にセリン本人が現れ、話を聞くことができた。

彼女が来るというので、家から少し離れた草原まで歩いた。ロジが、ここへ来ると言ったからだ。どうして家の前ではないのか、と不思議に思ったが、セリンが空から近づいてきたので理由がわかった。甲高いモータ音のためだ。ドローンを背負って飛んできたセリンは、予想外に軽装で、とても高速で空を飛ぶような服装ではない。寒くなかっただろうか、と心配になった。彼女はロボットではないのだから。

セリンが地上に立った直後に、背中と上部のフレームは、斜めに上昇していき、あっという間に見えなくなった。

「そんなに高くは上がりませんし、速度もそれほど出ません」セリンは、僕の心配に笑顔で応えた。キャップを被っていたし、ショートの髪もあって、少年のように見えた。彼女は、まだ若い。僕よりも、ロジよりもずっと若い。

ロジとセリンは、抱き合ってお互いの嬉しさを伝達し合ったようだが、僕は握手をしただけ。セリンは肘《ひじ》まである手袋をしていたが、その手は小さく、とても戦闘能力がある局員には見えない。

自宅まで歩く間は、世間話をした。どこで誰が聞いているかわからない。ただ、ロジもセリンも盗聴に対する備えとして、各種センサをオプション装備しているはずだ。セリンは、一週間ほどこちらに滞在する、と話した。僕が、うちにはベッドは二つしかないが、どうするのか、とロジにきいたら、無言で微笑まれた。もちろん、情報局員なのだから、ベッド以外のところで寝る訓練くらいしているのにちがいない。否、そんな訓練があるはずがない、と思い直した。

家に到着してから、テロ現場の工場の様子を、映像を交えてセリンが報告してくれた。ヘルゲンとも話をしていて、何者かが侵入し、データかソフトウェア、あるいはそれらが格納されたチップを盗もうとした、と断定されているらしい。また、火災があったのは、工場の警備を行うロボットや防御システムと、侵入者との間で戦闘行為があったためで、火元は切断されたコードのショートだそうだ。火花が散って、これがプラスティックのクッション材に着火した。クッション材は、出荷するチップや計器の梱包《こんぽう》のためのものだったという。

「ヘルゲン氏は、侵入者はデミアン一人の可能性が高い、それをグアトさん、ロジさんに伝えてほしい、とおっしゃいました」セリンが言った。

「そんなことのために貴女を呼んだの？」ロジが言った。少々鼻息が荒い。

「日本の情報局と、デミアン捜査で協力し、あらゆる該当情報を提供し合う、という協定が昨日のうちに結ばれました」セリンは言った。「その一環だと思われます。私がこちらに抵抗なく来られたのも、そのためです」

「情報局っていうのは、どことも協定なんか結ばないものだと思っていた」僕は言った。

「単なる、えっと……、何だったっけ、探り合い？」

「腹の探り合い」ロジが言った。

「そうそう、それだ。それをするのが、情報局の基本なんだから」

「そこまで陰湿でもありません」ロジが言った。「今回は、ドイツの方が持っている情報が多いはずですから、しばらく大人しくしていた方が賢明です」

「そのデミアンというロボットが、またここへ来る可能性があるのですね。破壊的な行動を取る可能性もありますか？」

「ロボットというよりも、メカニカルなウォーカロンだから、これはちょっと言いにくかった。「普通のロボットではない。セリンがウォーカロンだから、これはちょっと言いにくかった。「普通のロボットではない。未知だけれど、なんらかの特殊能力を持っている。でも、ここへ来ても、危険はないと予想している。もう来ないと思うけれどね」

「それから、ヘルゲン氏が、お二人をＨＩＸの研究所へ案内したい、とおっしゃっていました。のちほど、正式の連絡があると思います」

「ＨＩＸの研究所？　そんなものが近くにあるのかな」

「今はありません。かつて研究所だった場所のことだと思われます」セリンが言った。

「デミアンは、そこで作られました。ここから、北へ直線距離で二百三十キロです」

「寒そうだな」僕は溜息をついた。「どうして、私たちに見せたがるのかなぁ」

「先生のことをご存じだからではありませんか？」セリンが言う。

「グアト」ロジがセリンを見据えて囁いた。これは、僕のことを先生と呼ぶな、グアトと呼ぶように、という意味のようだった。先生というのは、名前ではないのだから、問題ないように僕は思う。この部屋の中では問題ないが、外ではミスになる、とロジは言いたいのだろう。しかし、セリンはそれくらい心得ているのではないか。

2

昼頃に、大家のビーヤが訪ねてきた。ピクルスを作ったから、という理由だった。小さな瓶《びん》に入っていたが、何のピクルスなのか、僕にはわからなかった。とりあえず、感謝の言葉を述べたところへ、ロジがセリンとキッチンから出てきて、日本から妹が来た、と説明した。ロジの妹らしい。僕の妹よりは真実味がある。これに対し、ビーヤは、今夜は無理だが、明日にも夕食に招きたい、と言った。今夜が無理だというのは、準備や食材の買出しに時間がかかるという意味だと説明する。こういうときに、そんな気遣《きづか》いはいらない、と日本人は言うのだが、あまりグローバルな文化とはいえないようだ。気持ちは通じない。だから、なにを言われても、嬉しいという顔と言葉で返すのが良いみたいだ。

午後になると、ヘルゲンから連絡があって、ダクトファン機で迎えにいく、とのことだった。待ち合わせの場所の指定もあった。昨日ヘルゲンと話をした牧草地の辺りだった。そこへ出向いて待っていると、時刻どおりダクトファン機が空から下りてきた。四人乗りのものだった。ロジは、ドイツ製の機体が珍しいらしく、ぐるりと周囲を巡って観察していた。

ヘルゲンは乗っていなかったが、声だけの挨拶と簡単なメッセージが聞こえ、コクピットの風防が後ろへスライドした。

シートに乗り込むと、ヘルメットにヘルゲンの顔が映り、話をすることができた。飛行中は寝るつもりだったのだが、そうもいかなくなってしまった。

デミアンに関しては、足取りは摑めていない。ただ、昨夜工場を襲ったときの映像は残されていて、ロボットを倒し、防御システムをつぎつぎに破壊する様子を見せてくれた。二分ほどの短い映像だった。デミアンは、長いナイフを使った、とヘルゲンは説明したが、それは明らかに日本刀である。ただ、金属も切断しており、同時に、レーザやマイクロ波が感知されているので、伝統的な日本刀ではないことは確かである。弾丸や衝撃波を発射するタイプの銃は使われていない。

「彼の動きを分析しましたが、こちらが行動を起こすのとほぼ同時に反応しています。おそらく、ロボットや防御システムの電子回路の信号を捉える機能を有していて、たとえば銃が発射されるなら、その直前に回避しています。すべての攻撃を読んでいる。処理速度の速さがもたらす能力といえます。これが第一の特徴。第二の特徴は身体能力で、メカニカルなストラクチャであることは確実ですが、エネルギィ変換がどのように行われているかは、大変興味のあるところです。躰は軽量です。電気系の蓄電システムでは説明ができない、との分析結果が出ています」

「では、何なのですか？」僕は尋ねた。

「おそらく、超小型のジェネレータを持っているのでしょう。原子力です」

「それは、ちょっと信じられませんね」僕は、驚いたが、それを表に出さないように、溜息をついてしまった。もし、本当だとすれば、とても旧タイプのテクノロジィとはいえない。「でも、だいぶまえに作られた、とおっしゃっていましたよね」

「そうです。おそらく、生まれた当時よりもバージョンアップしているものと考えられます」

「誰が、そんな改良をしたというのですか？」僕はきいた。だが、わかっていても答えられるような質問ではないだろう。

「ドイツではない、どこかの国か、あるいは、どこかの組織が依頼をして、実施したのは、やはり、ウォーカロン・メーカでしょう。その技術を持っているところは、ごく限られています」

だいたい、想像のとおりだった。

「兵器開発みたいなイメージなのですね」そもそも、デミアン自体が兵器だ。情報兵器として開発された。同じ情報兵器として、トランスファという、電子空間、ネット空間で分散して活動する人工知能がある。おそらく、このトランスファに、運動する実体を加えたような存在なのではないか、とぼんやりとした想像をした。

　ダクトファン機は、北へ向かって飛んでいるようだ。雲の上に出たところで、ヘルゲンの姿は消え、代わりに今回の訪問の目的地について人工知能が説明し始めた。ここで、僕は急に眠気に襲われ、話の大半を聞いていなかった。ただ、HIXの研究所は、現在は私立大学が所有する建物となり、大学の技術博物館として一般公開されているという。地上四階建ての建物は、外見はクラシカルな組積造《そせきぞう》に見えた。入口には、ドームのホールがあり、その天井の壁画も宗教画のようだ。そんなものが技術研究所の時代からあったのか、と僕は思った。

　その博物館の正面広場にダクトファン機は着陸した。周囲を二十人ほどの警官が取り囲み、一般人が入らないように制限していた。直径が三十メートル以上ある円形の広場で、周囲より一段高くなっているので、航空機が降りるには適している。

　ダクトファン機から降り立つと、既にヘルゲンが近くで待っていた。昨日と同じ服装だ。彼以外に、若い男女が二人、後ろに控えている。一人は警官、もう一人は私服だった。ヘルゲンが、その女性の方を、博物館の館長だと紹介した。そのポストのわりには若く見えたが、もちろん今どきは実年齢と外見は一致しない方が普通である。館長は、僕と握手をするとき、大学で人体工学を教えていると自己紹介した。専門家というわけである。警官の方は、警備をしているチームのリーダだった。ヘルゲンと館長の二人について、僕たち三人は歩き始めた。

ホールに入り、すぐに天井を見上げた。たしかに、クラシカルな絵が描かれている。白い翼の者と、黒い翼の者がいる。天使と悪魔だろうか。両開きの扉の片方が開いていて、そこから奥が天井の低い普通の部屋で、最初は展示室のようだったが、その手前の通路で右手に向かった、階段の手前に、警官が二人立っていた。ここから先は、関係者以外は入れない、との表示がある。

二階へ上がるのかと思っていたら、階段を下っていく。しかも、途中の踊り場で三度も方向を変えた。鉄の扉の前で認証のインジケータが一瞬灯り、扉が開いた。

「どうぞ、おさきに」館長が手で促《うなが》した。

広い空間がそこにあった。床はさらに数メートル低いところにあるため、空間のほぼ全域が見渡せる。ただ、照明は充分に明るくはない。大きな機械が並ぶ工場のような雰囲気だった。ドアから出た場所は、壁際のキャットウォークの上で、この大きな空間の周囲を巡っている。ただし、壁側には扉が幾つも並んでいて、周囲に部屋が幾つもあることがわかる。ドアにはナンバしか記されていなかった。

「ここでは、新しいタイプのウォーカロンの試作と、その評価を行っていました」館長が説明した。「こちらの地下の空間は、コバルトジェネレータの小型化を目的としたパイロット工場でした。ジェネレータのほぼすべてのメカニズムを、ここで製産していたそうです。試作のウォーカロンは、数体といった少数でした。ジェネレータも、結局トータルで七機ほどしか完成していません。うち六機は、現物が確認されています。いずれのウォーカロンも、エネルギィ源のトラブルで短命に終わりました。最後の一体だけが、今も生きています」

「それが、デミアンです」ヘルゲンがつけ加える。

いきなり本題で、しかも本質に入ったようだ。この二人は忙しくて、気が短いのかもしれない。もちろん、大いに歓迎できる。

「デミアンは、普通の人間サイズです。それほど多くのエネルギィを必要としているのですか?」僕は尋ねた。

「かつては、今よりもあらゆるものがエネルギィを沢山消費しましたからね」館長は答える。「ただ、それらを差し引いても、やはり通常よりはエネルギィ消費が多いと思います。理由は二つあります。一つは、運動能力が高いこと。軽量であることを活かして、さまざまな補助動力を使いこなします。それらのエネルギィすべてを自身で賄《まかな》っています。二つめは、演算能力です。通常のメカニカル・ウォーカロンに用いられる人工知能ではありません。当時でもスーパ・コンピュータに匹敵するほどの容量と処理速度を有しています。エネルギィの四割は、CPUの冷却のために使われます」

「冷却しなくても良いストラクチャにできなかったのですね?」僕は尋ねた。

「さすがのご指摘です。ええ、そのとおりです」館長は微笑み、そこでヘルゲンに視線を送った。

「その点については、ドクタのお考えのとおりです。すなわち、人間の頭脳を搭載しているため、温度が上げられないのです」

「そうまでして、人間の頭脳を搭載するメリットは何ですか?」

「はい……、そのまえに、こちらに資料が残っているので、ご覧に入れましょう」館長は、ドアを開けて、僕たちに促した。「もう一階下になります」

3

再び階段を下りる。ロジもセリンも、ここへ来てからほとんど口をきいていない。邪魔をしないように、というつもりかもしれない。階段を下りて、さきほどの工場の空間とは逆方向へ通路を進んだ。おそらく、地上の建物よりも外側に位置するのではないか、と思われた。

通路の両側にドアが均等に並んでいる。三つめのドアの前で館長は立ち止まった。ドアが自動的にスライドした。

十人程度が座れるテーブルと椅子が中央にあり、ほかにはなにもない場所だった。会議を行う部屋だろうか。テーブルには、ファイルケースのようなものが一つだけ置かれていた。厚さは五センチくらい。

すすめられた椅子に腰掛ける。そのファイルが目の前になった。中央に文字が書かれている。英語で〈Super artificial power〉とある。超人工力とでも訳すのか。

「それが、デミアン・プロジェクトのテーマでした」テーブルの反対側の席に着き、手を伸ばして、ファイルを示しつつ、館長が言った。「そして、さきほどのご質問に対する答です」

僕は、数秒間考えた。人工の力を超えるために人間の頭脳が必要だったということか。しかし、イメージが湧《わ》かない。

「わかりません。人間の頭脳に、特別な力があるとは思えないのですが……」

「しかし、機械の立場から見れば、人工知能の立場から見れば、いかがでしょうか？　人間の頭脳は、彼らには超越した存在として認識されているはずです」館長が説明した。そうだろうか、と僕は疑問に思ったが、彼女の説明が続くので、黙って聞いていた。「人間の勘であるとか、インスピレーション、あるいは、予感のようなもの、これらは、演算では得られないソリューションです。コンピュータは人間に学んでいますが、あくまでも文章化され、実証された具体的な手法、理屈、経験則、統計などしか教材はありません。彼らにすれば、人間の突飛な発想は、恐ろしい能力なのです。予期できない選択なのです。

いくら演算機能を高めても、そのギャップを補完することはできません。人間の中に入って、人間として育てられなければ、得られないメソッドだからです」

「それで、人間の頭脳を取り込んだというのですか？」僕は、社交辞令で当たり前の質問をした。相手を安心させる効果はあるだろう。

館長が手許で操作をすると、僕の前にあったファイルケースからホログラムが現れた。デミアンの全身像だった。四分の一のスケールだと説明がされた。ぐるりと回転し、次に、動き始める。どうやら、僕の家の前で撮影された映像からピックアップしたもののようだった。刀は持っていないが、それを振る動作をする。向きを変え、姿勢を変え、走ったり、跳ねたりした。

「リュックを背負っていませんね」僕は指摘した。

「ええ、そうなんです。あのリュックは、我々も、まだ見極められない部分です。武器か、あるいは換装機具が入っているのではないかと分析していますが」

「兵器工場を襲った理由は、判明しましたか？」ロジが初めて質問をした。

「まだ調査中ですが、放射線関連の技術資料を探っていたことはわかっています。実際に使用可能な兵器が盗まれたり、そのパスワードなどが奪われた形跡はありません。襲撃は空振りに終わったのではないか、と見られています」

「彼は、何をしようとしているとお考えですか？」ロジが続けてきいた。

「それは、我々の最大関心事です」ヘルゲンは即答した。

僕は、マガタ博士からルーツ探しの話を聞いていたし、ロジもそれを知っているが、あえて質問したのだろう。ヘルゲンも知っているかもしれない。これが、腹の探り合いというやつだ。

「もう一つ、この工場にあった資料のうち、生体の冷凍保存システムに関するアプリケーションを参照した跡がありました」館長が言った。

「それは、またちょっと異質ですね」僕は感想を述べる。予期しない方角から矢が飛んできた感じである。驚きが、顔に出てしまったかもしれない。

「チベットの施設を日本が中心となって調査しましたね」ヘルゲンが言った。「ドクタも関わっていらっしゃったはずです」

「ずいぶんまえの話です」僕は首をふった。「今は関わっていません」

「参照されたシステムは、あそこで用いられていたものと同型です。古いタイプですから、現在も稼働しているものは、ほかにないと思います」

「ちょっと、つながりが読めませんが……」

「あのナクチュの遺跡からほど近いところに、元ＨＩＸの研究所がありました。ご存じですね？」

「いえ、ＨＩＸではなく、ホワイトだったかと」

「同じです」ヘルゲンは微笑んだ。「研究所を見学したことがあります」

「冷凍遺体から、蘇生《そせい》した者もいると聞きましたが……」ヘルゲンが、話題を飛躍させた。

「ええ、今も生きているはずです。でも、意識は戻りません。ずっと眠っている」僕は素直に答える。なんだか尋問されているようなテンポになってきたので、少し姿勢を変えて、深呼吸をした。隣のロジを見ると、彼女も僕を見つめていた。むやみに話すな、という目かもしれない。こういうときに、眼差しで通信ができるオプションがないものだろうか。

「その生体が、一度盗まれた」ヘルゲンはゆっくりとした口調で言った。ニュースになっているので、もちろん知れ渡っていることだ。「そして、戻ってきましたね。若い男性の生体だったかと思います。ご覧になったことがありますね?」

「ええ、それがどうかしましたか?」

「デミアンに似ている、と思いませんか?」ヘルゲンは、穏やかに微笑んだ。だが、目だけが笑っていなかった。

「え?」僕は驚いてしまった。すぐにロジを見た。彼女は無言で首をふった。

セリンは知らない。眠ったままの王子を見たことはないだろう。一般に公開されてはいないはず。

「両者を、比べてみて下さい」ヘルゲンはそう言うと、指を擦《こす》るような動作をした。

僕のまえのホログラムが切り替わった。二つの顔が並ぶ、左は昨日見た男、デミアンだ。そして、右は目を瞑《つぶ》っている王子の顔だった。髪型が違うが、髪の色も肌の色も似ている。目を開けていないので、気づかなかった。

ヘルゲンが指を動かすと、王子が目を開けた。続いて、肌の色がさらに白く変化した。画像を処理しているようだ。

「似ていますね」僕は頷いた。「なにか、血のつながりがある、というのですか？　ウォーカロンですから、その遺伝子を使った可能性なら、あると思いますが」

ウォーカロンは、厳選された遺伝子の細胞から培養されたクローンが起源で、その記録と管理には、国際法が適用される。むやみにクローンを作ることは犯罪になる。たとえば、既に途絶えている血筋で、親族がいない遺伝子に限られる。これらから、複数のウォーカロンが作製され、プレ・インストールのの̀ち、教育を受け、試験にパスしたものだけが、ポスト・インストールを経て、出荷されている。とはいえ、その詳細は企業秘密となっているため、実態が充分に管理・把握されているとはいえない。ウォーカロン・メーカは、今や国家的な権力や財力を有していて、いわば治外法権的な領域になりつつあるともいえる。

ヘルゲンが突然口にした言葉で、僕の頭はフル回転していた。ナクチュの王子は、死亡直後に冷凍保存されたらしい。状態が良かったからこそ、長い年月ののち蘇生に成功したのだ。その遺伝子を使って、HIXが特別なウォーカロンを製作した、というのか。王子に、なにか特別な能力でもあったのだろうか。

「その、意識のない蘇生体は、どの程度の検査を受けているのですか?」ヘルゲンが質問した。

「いえ、それは知りません。私の専門ではないので」僕は答える。

「たとえば、全身の弾性波解析をしたでしょうか? 放射線投影は高解像度で撮られていますか?」

「さあ、どうでしょう。少なくとも、私は見たことがない。私が関係する委員会では、報告に上がったことはなかったと思います」

「日本では、彼を何と呼んでいましたか? 名前はないのですか?」

「本人の名前はわかっていません。候補はいくつかあります。日本のチームは、単に王子と呼んでいました」

「その王子の頭に、脳はありましたか?」ヘルゲンがきいた。

4

ヘルゲンは忙しそうで、三十分ほどで退室した。館長がその後、デミアンに関する資料を見せてくれたが、当時の研究所は、その極秘プロジェクトの公式記録を残していないので、その周辺状況に留まるものでしかなかった。特に、コバルトジェネレータの超小型化については、写真や図面の類は一切なく、実際にどこまで実現されたのか想像もできない、と館長は語った。

「専門家の間でも、意見が分かれています。それが完成しなかったから、双頭ウォーカロンは実現しなかった、と主張する人たちと、資料が残っていないのは、ＨＩＸが利益を独占するためであり、それが技術的な完成度を物語っている、と言っている人たちです」

資料にはないそうだが、館長は、デミアンを生み出した超人工力プロジェクトの産物を、双頭ウォーカロンと呼んだ。その命名については、説明はなかったものの、頭ではなく頭脳であることは自明だろう。この点では、ヘルゲンもほぼ確信していたようなもの言いだった。結局のところ、僕が想像したことは、もはや現実といえる。自分としては、まだ頭のどこかで、これは妄想であり、ファンタジィにすぎない、とのブレーキがかかっていたが、タイヤは回転し、既に前進しているようだ。

館長の話が終わって、僕たちは階段を上がり、地上の展示室へ案内された。そこは一般向けの博物館である。産業革命以降の工業製品や情報技術などが、簡単に紹介されている。ほとんどはホログラムか、ミニチュアのパノラマだった。全部を見て回るのに二十分もかからなかった。もともと、ヘルゲンから連絡があったときは、一時間ほどの滞在というスケジュールだった。ここへ来て、一時間半ほどが経過していたので、もう帰ることになるだろう、と思っていた。

ところが館長は、ダクトファン機が到着するのに十五分ほどかかるので、カフェで飲みものでもどうぞ、と僕たちを誘った。堅物の大学人っぽい雰囲気だったので、僕は少し意外に感じた。

カフェは、同じ建物の二階にあった。正面側にテラスがあり、屋根はあるが屋外になる。丸いテーブルに四人で着き、パネルで注文をした。手摺り越しに円形の広場が見える。ダクトファン機が到着すれば、すぐにわかる場所である。

コーヒーなどの飲みものは、すぐに届いた。ワゴンが運んできて、客がそれを手に取るという、レトロな方式だった。大学の付属施設ということで、一般のカフェよりも値段は安いようだったが、館長が自分が支払うと処理をした。

館長は、ミュラという名で、外見は三十代くらいの女性。髪は黒く、目はブラウン。小《こ》柄《がら》で痩《や》せている。

「ドクタ・マガタにお会いになったことがある、とお聞きしたのですが、本当ですか?」ミュラは、僕に尋ねた。そういった話題になるとは、予想していなかった。

「公開している情報ではありませんが、会ったことがあります」僕は正直に答えた。

「彼女は、ドイツでも大変人気があります」彼女は、そこで手を広げた。「いいえ、信者と呼ばれるような人たちのことではなく、生体工学や人間情報などの分野の学者たちが、彼女の業績をよく理解している、という意味です」

「ヴォッシュ博士も、会ったことがあるはずです」僕は言った。

「そうです。インタビューでお答えになっていました。とても羨《うらや》ましい。私も一度で良いから、ドクタ・マガタに会って、お話がしたいと願っています」

マガタ博士がこの世に存在する、という前提のようだが、それについては、既に僕も肯定しているのだから、違和感はない。

「どんな話をなさりたいのですか? というか、技術的な疑問であれば、メッセージを送れば、答えてくれるのでは?」

「どこへメッセージを送れば良いのでしょうか?」ミュラは驚いた顔を見せた。「ああ、どこへ送ろうが、価値のある疑問なら、彼女は見逃さない、という意味ですね?」

「そのとおりです」僕は頷いた。これは、僕自身は試したことがない手法だ。

「いいえ、具体的な質問があるわけではありません。もっと、抽象的なことで、ドクタ・マガタのご意見を伺いたいと思うことが多々あります」

「それならば、大勢の科学者が、そう思っているはずです」僕は頷いた。「人類はどこへ向かうのか。人工知能は、今後どの方向へ成長していくのか」

「はい。でも、きっと答はない、とドクタ・マガタはおっしゃるのでしょうね」

「はっきりとはわかりませんが、彼女が世界を導いたのは、もうだいぶ以前のことです。前世紀といっても良いと思います。今では、単にご自身が築き上げたものの成長を見守っているだけなのでは？」

「見守って、軌道修正したいと思われることもあるはずです。デミアンのことも、元を辿《たど》ると、ドクタ・マガタのご研究に行き着きます。デミアンは、正しく生まれたものなのでしょうか。私は、それが心配です」

「どのような心配ですか？」

「その……、上手《うま》く表現できませんけれども、人間がしてはならない行為であったのではないか、との懸念を拭《ぬぐ》うことができません。当時の担当者の中には、自殺した者もいたそうです」

「なるほど、いわゆる、神を冒瀆《ぼうとく》する行為だと？」

「はい、そうです」

「その概念は、日本にはありません。日本の神は、自然すべて、存在するものすべてであり、人間さえも、もちろんウォーカロンもコンピュータも機械も、すべて神に含まれると考えるのです」

雑談をしているうちに、エンジン音が近づいてきて、広場にダクトファン機が着陸した。僕たちは、カフェを出て、階段を下りていく。博物館の事務所は一階にあるので、ここで別れるものと思っていたが、館長は、僕たち三人に付き添って、ダクトファン機の脇《わき》まで同行した。

「ヘルゲン氏から、今後ともどうかよろしくお願いします、とお伝えするように、メッセージが参りました」館長は言った。

ダクトファン機に乗り込むと、そのメッセージを聞くことができた。ヘルゲンは、チベットへ向かって飛んでいる最中だ、と話した。ナクチュへ行くのか、それともホワイトのウォーカロン工場か研究所が目的地だろうか。

ダクトファン機は、やや前傾してゆっくりと上昇したあと、しだいに水平飛行に移った。僕は目を瞑り、昼寝をすることにした。ロジやセリンも会話をしている様子はない。この機内で話すことは、すべてドイツ情報局に記録されるだろう。

僕は、ヘルゲンが言ったことを考える。ナクチュの王子の頭に、脳はあったか、という疑問だ。おそらく、あれはジョークだったのだろう。蘇生治療を行ったのは、日本のチームだが、脳がないことに気づかないなんて状況はありえない。ただ、そのジョークが仄めかすことは、非常に重く深く、衝撃的ともいえるものだった。

そうか、その時代の話なのだ、ということがまず再認識された。

人間の脳、と簡単に言葉にしてきたが、それをデミアンのために供出した個人がいたのだ。おそらくは、本人の希望を叶《かな》えた結果だったはず。無理やりできるものではないし、まったく関係のない者とも思えない。素性が確かで、知的能力が認められた者だったにちがいない。

超人工力とは、つまり、超自然力に相対する言葉である。この超自然力は、日本では単に「超能力」と呼ばれている。多分にオカルト的であり、現代ではほとんど死語となっている。その概念さえも曖昧であるし、正面から探究されているとは思えない。

しかし、百年まえだったら、もしかしてまだ一部の人たちには信じられていたかもしれない。人間には未知の能力がある。それをメカニカルなウォーカロンに取り込もうと考えた、ということもありえるのではないか。

おそらく、期待されていたのは、予知能力ではないだろうか。人間の勘が、ときに予知、予見、予言として語られる。知性とは、未来を見通す力のことだったし、そういった視点を持ったリーダが、組織や社会のトップに就いた。人々は、それほど先見性を重視したのだ。

現在、そういったものは、シミュレーションによる演算になった。起こりうる事象を確率的に検討し、未来の可能性を示すことが、人工知能の主たる役目でもある。

しかし、僕はトランスファのことを思い浮かべてしまう。トランスファは、相手が武器を使おうとする直前に、ネットからその機器に入り込んで、行動を阻止する。これは、予知ではないものの、破壊工作を行う場合に避けて通れない承認手続きや条件の確認に時間を取られるため、結果的に実行よりも早く対処ができる。攻撃よりも素早い防御は、外見上、予知能力として認識できる。

このことは、あのデミアンの動きを見ていても、連想されるものだった。彼は、相手がどう動くのかを読んでいる。その演算の速さが、結局はリアルの実戦でも優位なのだ。現在の兵器は、すべてが電子的な仕組みを包含している。人間が扱う単純な武器であっても、例外ではない。

待てよ……。

そこで、僕はまた突飛な発想を抱いた。

ということは……、デミアンのような兵器は、人間の頭脳など搭載していなくても、トランスファと組み合わせることで、実現できる。

そのうえで、予知能力が働くと謳《うた》うことは可能だ。つまり、兵器を購入するユーザに対しての、単なる宣伝文句なのではないか、ということ。人間の頭脳が載っているかどうかは問題ではない。コンピュータの能力さえ充分なら、本体以外のネット上に存在するソフトウエアと同時に連係させることで、あたかも超能力を持っているように見せかけることは簡単だ。

特に、超能力を信じる人に向けて有効なビジネスになりうる。百年まえの時代は、まだそういう人が多く残っていたはずだ。

そうか……、意味がないようで、それなりのメリットはある。作られる個体は多くはないし、おそらく非常に高価だったはず。得意先への納入だけで、それが活躍する領域も限られているから、すべてが秘密裏に運ぶ可能性はあった。

では何故、ゴーサインが出なかったのか。どうして、プロジェクトはデミアンで打ち切りになったのだろうか?

夢も見ずに眠っていた。起きたら、周囲は草原。家の近くに到着したようだ。ステップを下りるときに、ロジが手を貸してくれた。

家までは、自分たちの脚で歩く。三人が横に並んだフォーメーションだった。

「王子の頭が空っぽかもしれないのですか?」ダクトファン機が遠ざかったのを見届けたロジがきいた。

「いや、そんなはずはないと思う。頭の中を見たわけじゃないけれど」

「たとえば、弾性波にも電磁波にも、同じように反応する物体が頭に入れてあれば、発見されない可能性がありますね?」ロジが早口で言う。ずっとそれを考えていたのだろう。

「さあ……、センサ技術によると思う。でも、脳波を測ったはずだ」僕は言う。

「それくらいは、簡単に偽装できるのではありませんか?」

「そうかもしれない。そんなことを言ったら、どんなものでも偽装できる。人間そのものを偽装できる。ただ、何のために偽装しなければならないのか、という問題は偽装できない」

ロジは、黙った。しばらく沈黙のまま歩く。たぶん、僕の理屈で納得したのだろう。

「王子の頭にあった脳を、デミアンに搭載した、ということでしょうか?」セリンがきいた。質問するタイミングを見計らっていたようだ。

「あれは、ジョークだと理解したけれどね」僕は答える。「でも、そう、もしかして、あの当時、ナクチュの王子は、霊的とでもいうのか、特殊な能力を持っていると信じられていたかもしれない」だが、ここで気が変わった。僕は舌打ちして、片手を広げて振った。

「いや、駄目だ。ちょっと、考えがまとまらない。今のは、聞かなかったことにして」

「何の話をされているのでしょうか?」ロジが、わざとらしく事務的な口調で言った。

自宅に到着すると、セリンは、周囲にセンサを仕掛ける作業を始めた。この場所の防衛のためらしい。ロジは地下室へ降りて、通信をしている。僕は表が見える部屋で、木材を削った。なにか考えようとしたのだが、まったく頭が働かない。こういうときに、もう一つ別の脳があって、適宜切り換えられたら便利だろうな、などと思った。

夕食は、僕が作った。いつもより、五割増の量だったし、多少手間をかけて、見栄えのするものになるよう工夫をした。メインはグラタンで、二人とも「これは何というのですか?」と驚いた。グラタン初体験だったのだろうか、それとも年寄りをからかっているのか、判然としない。

セリンのセンサが反応することもなく、平穏な一夜で、ゆっくりと休むことができた。このような充実した睡眠は、こちらへ来て僕が獲得した最大の成果だといえる。以前は地下深くに住んでいたので、こちらが静かだという理由ではない。もちろん、どちらも室温は最適な範囲にコントロールされている。何が違うのかといえば、身近にロジがいることだ。それ以外には考えられない。

ところが、早朝に起こされた。ロジに、日本から連絡が入ったのだ。

「ナクチュの神殿に、デミアンが現れました」僕が目を開けるまえに、ロジが告げた。

「えっと……、チベットの?」僕の頭脳は、立ち上がった。「被害は?」まだ、躰は寝たままだ。「カンマパは大丈夫?」

「詳しいことはわかっていません。デミアンだとわかったのは、その名を名乗ったからだそうです」

「ああ、じゃあ、ただ訪問しただけ?」

「いえ、チベットの軍との間で、戦闘があったそうです」

目を開けて、上半身を起こした。時間を確かめる。まだ朝の七時だった。だが、チベットとの時差も計算した。

デミアンは、昨日の未明にはドイツにいた。あの工場を襲ったあと、すぐにチベットへ向かったのだ。ヘルゲンもチベットへ飛ぶと話していた。なんらかの情報を摑んでいたのか。

「それで……、朝食を食べたら、すぐにチベットへ飛ぶことになったのかな?」僕は、欠伸《あくび》をした。

「とにかく、着替えて下さい」ロジが言う。ドアがノックされたので、ロジが振り返った。

「ジェットが来ました」セリンの声だ。

ロジは僕を見て言った。「朝食は、少々あとになるかと思います」

5

「慌《あわ》ただしいね。変なんじゃないかな?」僕は言った。「私は、正式に辞任したのだし、君だって、休職中のはずだ」

「休職ではありません。派遣員です。給料も半分ですが出ています」

「私には、百パーセント出ていない」

「恩給が出ているかと」

「それは、別だろう」僕は上着のボタンをかけている。

「つべこべ言わず、早く支度《したく》をして下さい」

ロジの言い回しに、一瞬だが笑ってしまった。高圧的だが、ユーモアがある。バスルームに入り、鏡を見て、思わず舌打ちをしてから、適当に髭《ひげ》を剃《そ》った。髭なんか剃らなくても良いのだが、しかし、カンマパに会う可能性がある。それを思うと、多少は身綺麗《みぎれい》にしておきたい。なんというのか、不思議な欲求ではないか。もしかして幻覚だろうか、と感じた。目眩《めまい》がしそうだった。

五分後には家を出て、草原までジョギングで向かった。コーヒーも飲んでいないのにジョギングだ。水分が不足していると感じた。

ジェット機のコクピットに乗り込むと、たちまち轟音《ごうおん》と加速度で身動きできなくなる。ジェット機も急いでいるようだ。何をそんなに慌てているのか、さっぱりわからない。

隣の座席のロジが、足許のバッグからカプセルを取り出した。

「何？　爆弾？」

「いえ」彼女は、それを捻《ひね》って蓋《ふた》を開け、僕に手渡した。「コーヒーです」

温かいコーヒーを一口飲んで、まあ、しかたがないかな、と思った。二口めを飲んだら、ロジに謝りたくなった。意味もなく腹を立てていたようだ。そもそも、もっと早く起こすことができたはずなのに、ぎりぎりまで寝させてくれた結果なのだ。

ロジの顔を見たが、彼女はこちらを見ていなかった。ジェット機のモニタを凝視している。謝る機会はなさそうだ。まったく、この歳になっても、まだまだ悟りは開けないらしい。

その後、僕はまたぐっすりと眠ることができた。途中、一度目を覚ましたとき、隣を見ると、ロジはシートをリクライニングにしていたが、僕の顔を見ていた。恥ずかしくなったので、また目を瞑ってしまい、再び眠ってしまった。

午後になって、目的地に到着したときには、睡眠充分だったが、現地では、もう夜になっていた。このまま朝まで寝ることはできないだろう、と思った。

ナクチュの神殿の近くに着陸し、区長であるカンマパ自身が出迎えてくれた。彼女は全然変わっていない。まったく以前のとおり、若々しく美しいままだった。ただ、政府からの使者と会談する予定になっていて、一旦失礼します、と言って去っていった。

事態の説明をしてくれたのは、若い男性で、カンマパの補佐をする役目だと自己紹介したが、名前を尋ねても名乗らなかった。おそらく、謙遜《けんそん》の文化によるものだろう。

今朝デミアンが神殿に現れ、たまたまそこにいた者に、ここのリーダに会いたいと告げたという。カンマパが出向くと、神殿内にジュラという名の者が眠っているはずだから面会したい、と言った。そのときに、デミアンと名乗ったらしい。どうやってここへ来たのか、と尋ねたが、明確な返事は得られなかった。というのも、航空機が着陸したような音を誰も聞いていないし、ナクチュ特区の正門ももちろん通っていなかったからだ。

カンマパの警護をしている者たちは、武器をデミアンに向けようとしたが、カンマパがそれを止めたため、手出しをしていない。デミアンも特に暴力的な行動は取らなかった。カンマパが、ジュラという者は既に亡くなっている、数年まえまで遺体は冷凍されていたが、その施設は日本のチームが調査をした。ジュラのものと思われる遺体は、日本に搬送された、と説明した。デミアンはこれに納得し、神殿から立ち去った。数人が彼を追ったが、闇の中に消えたという。

その直後、ナクチュ近辺に駐屯していたチベット政府軍が、未確認の物体と戦闘を行った。銃およびレーザ砲などが使用されたが、発砲は威嚇が目的であった。相手に被害を与えたかどうかは確認されていない。政府軍が受けた被害も発表されていないが、大きな爆発音が少なくとも三度聞こえたという。

「いつも、そんな近くに政府軍がいるのですか?」僕は尋ねた。かつてここはクーデタが起こり、ナクチュ内に両軍が展開したことがあった。その関係だろうか、と想像したが、既に三年近い年月が過ぎている。

「近くに軍隊が移駐したのは、つい昨日のことです」補佐の男は答えた。「そのことで、中央政府に問い合わせていたところですが、正式の返答は来ていません。様子を見にいかせたところ、大型装甲車や戦闘機など、かなりの兵力がすぐ近くまで迫っていました。ただ、ここへ入ろうとしているのではありません。ナクチュには友好的で、警護のために来ている、安心するように、とのメッセージが届いています」

「ウォーカロン・メーカからは、なにか知らせが来ていませんか？」僕は尋ねた。おそらく、ヘルゲンは、そちらにいるはずだ。

「いいえ、聞いておりません」

その後、神殿の地下の部屋へ案内された。以前に来たときには、なかった新しい部屋が幾つか作られたようだ。今夜は、ここに宿泊することになった。

二十分ほど三人で、ソファに腰掛け寛《くつろ》いでいると、食事の用意ができたという。ここでは、遅い夕食となるが、僕は、今日はまだ朝食も食べていない。

三人で豪華なディナをご馳走になった。給仕をしてくれたのは、若い女性だ。ウォーカロンではない。ナクチュにはウォーカロンはいない。すべて人間だ。ここの住民はナチュラルな細胞を持っているため、今でも子供が生まれているのである。ナクチュが「特区」と呼ばれて、外部と隔絶《かくぜつ》されているのはこのためである。

食事が終わった頃に、さきほどの補佐の男が再び現れ、政府軍から得られた情報だとして、戦闘の映像を見せてくれた。政府軍の車両が爆発する場面から始まっているが、おそらく先制攻撃を受けたという主張のためだろう。相手は、レーダに捉えられているだけで、姿は見えない。飛行しているようだ。

空へ向けて発砲が続くが、突如として、近くの車両が爆発し、場面は真っ白になる。視点が切り替わり、離れた位置からの映像になった。低空を高速で飛行する物体が一瞬だけフレームを横切る。この映像をスローモーションにし、拡大したものが示され、飛んでいるのが、人間型のロボットらしきものであることが確認された。

その後も、攻撃を受け、反撃が続くが、レーダの機影が遠ざかったところで終了した。映像は、そんなふうに編集されていた。

「デミアンだろうか？」僕は呟いた。

「顔まではわかりませんでしたね」ロジが応える。「どうやって飛んでいるのでしょうか？」

「見たところ、翼はないけれど、あの速度ならば、胴体揚力《ようりょく》で飛べるのかもしれないし、あるいは、透明の翼を持っているとか」僕は言った。「どれくらい速度が出ているかな？」

「おおよそ、時速四百キロです」セリンが応えた。「今、演算しました」

「推進力は、ジェットエンジンだろうね。でも、ジェネレータの電気で駆動しているとしたら、プラズマ放電かな。長時間飛べるとは思えない」

「どうして、軍を襲ったのでしょうか？」ロジが言った。

「それは、わからないよ。軍がさきに攻撃した可能性だってある」

「どうして軍が?」ロジが首を傾げる。

「デミアンがここに来ることがわかっていたから、近くに展開していた可能性がある」

「では、ドイツ情報局が支援を要請した、ということでしょうか?」

「そのあたりの政治的なことは、まったく事情がわからない」

「外にいる政府軍を見てきましょうか?」ロジが言った。

「もう夜も遅いから」僕は首をふった。

もちろん、僕たちにとっては、まだ夜という感覚はない。ロジが、見てこようと言ったのは、正しくは、政府軍に面会して事情を尋ねてこよう、という意味だと思う。たしかに、より正確な情報を得られるかもしれないけれど、慌てて出ていくこともないだろう。むこうから連絡が来ても良さそうなものだ。僕たちがこちらへ来たことは、認識しているはずなのだから。

6

セリンは、近所をパトロールしてきます、と言って部屋から出ていった。そういえば、その種の活動が、彼女たちの仕事だった、と僕は思い出した。ロジも、そうだったのだ。

久し振りの感覚だった。

ロジは、僕のすぐ横に腰掛けていて、短い言葉のやり取りをしたが、これといったテーマで議論をしたわけではない。彼女は、通信に気を取られているようだった。日本とのやり取りをしているのだろう。

ドアがノックされ、返事をすると、カンマパが現れた。さきほどとは衣装が違う。グリーンのワンピースで、頭には同じグリーンのリング。僕たちに手を合わせてお辞儀をした。

「お待たせして、申《もう》し訳《わけ》ありませんでした」カンマパは言う。彼女は今は区長という役職に就いているが、つまりナクチュのリーダであり、神殿の管理もしていて、住民の厚い信頼を得ている。ここのクイーンだといっても良いだろう。なにしろ、投票ではなく、世襲で選ばれたリーダなのだ。

「こちらへいらっしゃったのは、あのデミアンのためですね？」カンマパはきいた。「ドイツの情報局の方は、デミアンがここに現れることを予想していたようです。政府軍に要請し、ここを守るつもりだった、とさきほど聞きました」

「でも、デミアンは、ナクチュを攻撃したわけではありませんよね？　話をしにきただけなのでは？」

「はい、私はそうだと思います」

「ドイツ情報局は、彼を捕まえたいのです」

「そうなのですか？」カンマパは首を傾げた。「捕まえるというのは、どうしてですか？ドイツと敵対しているのですか？」

「彼は、ＨＩＸから逃げ出したウォーカロンだそうです」僕は説明した。「でも、それはずいぶん昔のことで、長くどこかに潜んでいて、つい最近活動し始めた。私のところへも来ました。ただ、話をききにきただけです。でも、家の外で彼を待っていた局員と戦闘になって、三人を倒して逃げました。ここであったことと、ほぼ同じです」

「先生のところへは、何をききにきたのですか？」

「ロイディというロボットの行方を知らないか、ときかれました」僕は答える。「ここでは、王子に会いたいと言ったそうですね。つまり、彼はなにかを追っているのです。誰かと戦いたいのではなく、なにかを破壊したいのでもない」

「ここでも、紳士的でした」カンマパは言う。

「あの……、彼が、王子と似ていると思いましたか？」僕は尋ねた。

「え？」カンマパは、口に手を当てる。びっくりしたようだ。その後、数秒間黙って目を瞑っていた。彼女は目を開け、僕に言った。「そう言われてみれば、というくらいです。私は、王子の顔をよくは知りません。日本の方から見せていただいた映像だけなので……。ただ、たしかに、デミアンも、ナクチュにいそうな顔立ちの方でした」

ナクチュは、世界中の民族の血が混ざっているが、百年以上にわたって、外部とはほとんど交流がない。僕自身、王子も、そしてデミアンも、カンマパに造形が似ていると感じていた。彫りの深い目許などが、特にそうだ。

「でも、デミアンは、ロボットなのでは?」カンマパはきいた。

「ウォーカロンです。ただ、現在のウォーカロンよりは、かぎりなくロボットに近いタイプといえます」

「今のウォーカロンと、何が違うのでしょうか?」

「そうですね……」もちろん、有機か無機かの違いが大きい。しかし、それは本質的な違いとは、もはやいえないだろう。「ええ、そのご質問には、これが答だというものがありません。人それぞれ、時代によっても認識が異なります」

「あのように撃ち合わなければならぬのは、何が不足しているのでしょうか? お互いの理解、愛、それとも、血ですか?」

僕は黙ってしまうしかなかった。わからないからだ。血とは何だろう? 血縁のこと、つまり遺伝子のことだろうか。民族のことだろうか。あるいは、もっと大きなもの、たとえば、社会、それとも文化だろうか。

このナクチュには、神殿がある。かつては神がいたのだ。それは、人々を導いた。そして、世界中の人類が陥った危機から、ここでは神が人々を救った。ナクチュの住人たちは、きっとそう考えているだろう。

だがこのナクチュでは、けっして神は語られない。見られることもない。「目にすれば失い、口にすれば果てる」と言われているもの、それが神だからだ。

カンマパは、明日は神殿へご案内します、と言い残し、部屋から出ていった。それと入れ替わりにセリンが戻ってきた。通路で、カンマパと会い、挨拶をした、と話した。

「あんなに若い方が、リーダなのですね。ここでは、みんながナチュラルな状態だと聞いています。つまり、見た目の年齢が実年齢なのですよね？」

「そうだよ」僕は頷いた。「ロジとセリンの間くらいの年齢かな」

「口にすると果てますよ」ロジが素早く反応した。

7

夜はなかなか寝つけないだろう、と思って、遅くまで起きて、ロジたちと懐かしい昔話をしていたのだが、午前二時頃にベッドに就くと、たちまち朝になった。自分でも信じられない。タイムスリップしたかと思えたほどである。

夜の間も平穏で、戦闘があった様子もない。おそらく、もうデミアンは近くにはいないだろう。行くとしたら、次は日本ではないか、と想像した。同じことは、ヘルゲンも考えているにちがいない。ただ、日本のどこへ行ったか、という点が難しい。僕自身、蘇生した王子が現在どこにいるのか知らない。知っている者は限られている。僕の友人の一人は知っているかもしれないが、彼は今はその仕事から離れ、アメリカへ行っているはず。この点については、昨夜のうちからロジと話していて、彼女は情報局へそれを伝えた。むこうでそれなりの対策は講じているはずである。

朝食を終えたあと、メッセージが届き、神殿へ出向くことになった。

そこは、僕にとって、懐かしい場所だった。建物の周辺にはうっすらと朝靄《あさもや》がかかっていて、神秘的なムードを増幅していた。入口の階段の手前で、カンマパが一人で待っていたが、その光景もまた、ファンタスティックだった。

昨日、ロジが語ったところによれば、既に、この神殿の地下での調査は終了していて、ここに日本人は一人も残っていないそうだ。冷凍されていた遺体は、すべて搬出され、状態に応じて、処理されているという。つまり、診察され、そのまま冷凍保存されているか、あるいは治療されているか、のいずれかということだろう。この結果については公表されていない。委員会に申請すれば、詳しい情報が得られるはずだ、とロジは語ったが、僕はそれほど知りたいとは思わなかった。

「あれから、ナクチュになにか変化がありましたか?」階段を上りながら、僕はカンマパに尋ねた。

「わかりません。ナチュラルな細胞を守っていこうという意見が大半ですけれど、なかには、新しい医療を取り入れ、病気や死を避けることが、個人の権利として認められるべきだ、との意見を述べる者もいます。議論は続けるつもりですが、これまでのナクチュを守ろうとする意志の方が多数です」

「個人の人権を主張する人は、ナクチュを出ていけ、と言われるわけですね?」

「そのとおりです。しかし、伝染病のように広がるものではありませんから、排除すべきとの意見には科学的根拠がありません」カンマパは眉を寄せた。「ただしかし、そういった人たちが、混じり合って、長い年月が経てば、いずれ問題が起こることになりましょう」

子供を作ったあとに、治療を受ける者が、当然現れるだろう。それで寿命が飛躍的に延びる。誰がナチュラルで、誰がそうでないかが、はっきりと区別されている間は問題にならない。しかし、輸血をしたり、小規模であれ、移植などを行うと、しだいに範囲は広がっていく。ナチュラルな細胞は減っていくばかりだ。世界中がそうなったのだから、容易に想像ができる。カンマパが言っているのは、そのことだ。

「新しい医療技術によって、子供が生まれるようになる、と聞きましたが、まだ実用化されていないのでしょうか?」カンマパは尋ねた。「それが確立すれば、ナクチュが抱えているジレンマは解消されます」

「どうでしょうか……、私にはわかりません。噂《うわさ》は聞いていますが」

「先生のお考えでけっこうです。見込みがあるものですか?」

「はい。人間はこの問題を解決すると思います。不可能ではないと。ただ、どんな障害があるのか、まだ精密に把握されていないようです。把握されれば、対策を講じる方法はある。それが科学というものです」僕はそこで溜息をついた。「あとは、時間的な問題と、経済的な問題があるだけです。これらは、最初は大きいかもしれませんね」

ロジとセリンは一階に留まり、僕とカンマパだけで、大きな円形の床に乗って、地下へ降りていった。エレベータになっているのだ。見上げると、どこまでも高い、吸い込まれそうな光景がある。塔の内側だ。

厚い床を抜け、下層へ降りていく。薄暗い空間は、僕たちに反応して、明かりを灯した。かつて、冷凍遺体が収納されていたカプセルが、壁に並んでいる場所だった。

誰もいない。

無音。

カプセルのハッチは閉まっている。インジケータなどは灯っていなかった。

まるで空間が死んだみたいだ。

以前は、冷たい空気がここに充満していたのだが、今は寒くはない。適温に空調されている。

「なにもなくなりましたが、ときどきここへ来ます」カンマパは言った。

「どうしてですか?」

「わかりませんけれど、ここには、沢山の人の魂がまだ残っているように感じます。ですから、祈るために参ります」

祈るという行為は、僕には意味のないものだが、彼女たちには、生きることと同じくらい価値があるものだろう。それは、想像はできるが、体験することのできない概念だ。そもそもナクチュの人たちは、祈ることで死なないと考えていた。遺体を冷凍することで、未来の希望を祈ったのだ。彼女が魂と呼んだものは、人が祈ること、そのものなのにちがいない。

また、円形の床に乗り、今度は上昇した。一階に、ロジとセリンが待っていた。カンマパが誘ったので、二人も円形内に入った。

塔の中央を上昇する。下を覗けば、目も眩《くら》む高さのはずである。周囲の内壁には、螺旋《らせん》階段が作られている。やがて天井の穴に入り、その部屋も通り抜けて、展望室へ到達した。

ナクチュで最も高い構造物の最上階である。周囲はすべて窓になっていて、ナクチュの街はもちろん、その外側の荒野までも見渡すことができる。ナクチュは塀で囲われていて、外側には建物は一つもない。

「あそこに、政府軍がいます」カンマパが指差した。方角としては、西か南になる。五百メートルほど離れているだろうか。多数の車両や、航空機が点在している。「今日中に撤退すると、さきほど連絡が来ました」

「もう、ここにはデミアンがいないからですね」僕は頷いた。「デミアンは、ナクチュの王子を追って、日本へ飛んだと予想されています」

「そうなんですか……」カンマパが僕を見つめた。「でも、王子は眠ったままです。あ、もしかして、デミアンが行けば、王子が目を覚ますのでしょうか?」

カンマパのこの言葉に、僕の心臓は大きく脈打った。

「いえ、それは……、ありえないかと……」と口では応じたけれど、頭では、各種の可能性を思い浮かべていた。そんなことがありえるか、あるとしたら、どのようなメカニズムで、何の目的でそんな設定にしたのか、と。「王子のことは、その後、なにかわかりましたか? お調べになったのではありませんか?」

「ジュラという名の者です。若くして亡くなったそうです。記録はありませんけれど、言い伝えを覚えている者がおりました。私の祖母の伯父に当たります」

「特別な人物だったのでしょうか? なにか特技があったとか、なにかに優れていたとか……」

「いいえ、なにも……」カンマパは首をふった。「そういったことは伝わっておりません」

8

午後から日本へ飛んだ。

僕とロジにしてみれば、情報局のニュークリアから出て以来の帰国である。日本に帰っても、グアトとロジで通すことをジェット機の中で話し合った。ロジは、容姿が一変しているから、以前の彼女を知っている者でも、気づくことはないだろう。僕は、まえのままだ。髪型くらい変えれば良かった。髭くらい伸ばせば良かった。反省しても遅いので、マスクをすることにした。目の穴だけあいている全顔マスクである。安物は、口は描かれているだけだが、少し高いものをカタログから選んだ。一見したくらいではマスクだとわからないだろう。この頃では、けっこうしている人が多いらしく、街を歩いていても、不審がられることはないそうだ。どこにでもカメラがあって、人工知能に把握されているのは、いかにも息苦しい、と感じる人が多いのか、こんな原始的なものが流行しているという。

トウキョーの近くの飛行場に到着し、大勢の人たちを久し振りに見た。売店で、セリンがマスクを受け取ってきてくれたので、まずそれを被った。ついでに、帽子も被った。それもセリンが買ってきたもので、子供が被るようなデザインのものだった。今の僕は、スーツ姿なのだ。ちょっと合わないのではないか、と話すと、ロジもセリンも無言で首をふった。非常に怪しいシンクロである。

三人でコミュータに乗った。もう夜である。オレンジ色の街灯が先々まで続く道路を走行した。

どこへ行くのか、とロジに尋ねると、言葉に出せない場所だという。つまり、ジュラ王子が眠っているところ、という意味だろう。極秘事項だから念のために、そういった会話さえ許されないのだ。どこでも盗聴のリスクはあるし、どこにトランスファがいるかわからない。現代においては、盗聴というのは、つまりはどこでも起こりうる。ただ、それを処理する知能のレベルによって、価値ある情報を選《え》り分《わ》けられるかどうかがリスクの差になるというだけだ。

空港を出たところで、ハイウェイは地下に入り、風景は見えなくなった。僕の横にロジが座り、対面にセリンが一人で後ろを向いて腰掛けている。そちらが前だ。

「せっかくドイツへ行けたのに、すぐに戻ってきてしまいました」セリンが、珍しく無駄口をきいた。ウォーカロンには珍しいことだが、彼女はポスト・インストールをリセットして以来、ほとんど人間のようだった。

「まだ、デミアンは現れていない?」ロジにきいた。

「わかりませんが、その連絡はありません」

「デミアンは、ジュラをどうしたいのだろう？　どんなイメージを持っている？」

「そうですね。仮説ですが、ジュラの頭脳がデミアンに移植されたとすると、デミアンの中のジュラの頭脳は、自分の躰に戻りたいのではないでしょうか？」

「なるほどね」僕は頷いた。それは僕も考えないではなかった。しかし、あまりにもセンチメンタルで、現実離れしているのではないか。「つまり、ジュラを奪いにくる、というわけか……」

「一度盗難に遭ったことがありました。その後は警備をしているはずです」

「そろそろ緩む頃かもしれない」僕は悲観的な意見を述べた。

王子の容態に変化はないそうだ。生命活動は持続しているものの、意識を取り戻さない。長い間冷凍されていたのだ。傷を負っていたが、その外科手術は、日本に搬送された初期に行われ、成功しているとの報告があった。これも公開はされていない。当時、僕は委員会に所属していたので、そういった内部向けの情報が流れてきた。

ジュラ王子を殺したのは、モレルというフランスの資産家である可能性が高い。そうか、それが判明したのは、二年まえのことだ。

「もしかしたら……」僕は思いついたことを、そのまま口にした。「デミアンは、自分を殺した男に、復讐《ふくしゅう》しようとしているのかもしれない」

自分で言っておいてなんだが、こちらはもっとセンチメンタルだ。

「ジャン・ルー・モレルは、日本にはいないと思います」ロジが言った。

「どこにいるの？」

「南極でなければ、フランスか、それともエジプトか。よほど偽装工作をしないかぎり、日本には入れないはずです」

「ブロックしているわけだね？」

「ええ、たぶん」ロジは言った。「関係者がみんな、まともだったら」

ロジの「まとも」は、けっこう基準が高い。大半の人間がまともではなくなる、もちろん、僕も含めて。

道路は地上へ出た。ビルの間を上っていき、高架になる。コミュータには窓はないが、正面とサイドのモニタで、都会の夜景を眺めることができた。希望すれば、地下を走っているときでも、地上の風景が表示できる。

こんな賑《にぎ》やかな場所に住んでいたのだな、と思い出した。当時は、もっと谷間のようなところにいたから、これほど全体像を立体的に意識したことがなかった。そういうものは、別の視点で撮影した、いわば観光案内のようなものでしか見たことがなかったのだ。

地図もモニタに表示されている。西へ向かって進んでいるようだった。速度は時速百キロ以上出ている。この時間は、クルマも多くないようだ。

再び下っていき、地下に入った。トンネルの中を走るときは、地上のグラフィックに切り換えてみたが、あまり面白いものではなかった。トンネルを潜《くぐ》り抜《ぬ》けるリアルな映像の方がましだ。

再び地上に出ると、しばらく真っ直ぐ進み、交差点を右折した。両側の建物は、もうビルではない。樹木が並んでいる。おそらく人工のものだろう。片側に高い柵《さく》が見えてくると、その柵に接続するゲートの前でコミュータは停車した。

門番がいる。ロボットのようだ。ロジが顳顬に手を当てて、通信している。

ゲートには、木製の板が取り付けられていて、縦に文字が書かれていた。暗くてよく見えないし、文字が古い。下の二文字は大学とどうにか読める。ゲートが奥へ向かって動き出した。コミュータはその中へ入っていく。門番のロボットは、こちらを見もしなかった。

樹木の間の道を走った。暗いこともあって、森の中のようだ。片側に三階建てくらいの古風な建物が迫っていることに気づいたのは、室内の照明が見えたときだった。そこ以外の窓はほとんど明かりが消えている。

「もしかして、今日は日曜日？」僕は隣のロジに囁いた。

「いえ、日曜日ではありません」ロジが答えた。「曜日は世界共通です」

「祝日です」セリンがつけ加える。ロジはうっかりしていたようだ。

「何の日?」僕は尋ねた。

「未来の日です」セリンが答える。

そんな日があったことを、おぼろげに思い出した。大昔のその日に、なにかの博覧会があって、世界中の人が集まったらしい。大勢の人間がわざわざ集まった時代があったのだ。今では、そんな趣味的なことをしているのは、学者か芸術家だけだろう。

小さな入口が見えた。建物の正面玄関にしては貧相である。裏口だろうか。その前でコミュータが停まり、ドアが開いた。

ロジがさきに降り、僕が続いた。セリンは、コミュータの反対側から出て、周囲を窺いながら、遠回りをしてきた。ドアには誰もいないが、近づくと照明が灯った。

ロジが通信をした。ドアのロックが外れたようで、インジケータが光る。手動のようだ。ロジがドアを開けた。

入ったところは、照明されて明るい階段の前だった。右へ通路が延びているが、小さなライトが等間隔に灯っているだけで、明るくはない。

「二階です」ロジが言う。

僕たちは階段を上がった。踊り場には窓があったが、外は暗闇《くらやみ》で、内部の自分たちが映っているだけだった。二階の通路に出ると、左へ曲る。二十メートルほど先に、明るい場所があって、そこに白衣の男性が一人立っていた。僕たちを待っていたことが、表情でわかった。

男は、ゴーグルをかけていた。髪はグレィ。僕たちに軽くお辞儀をしたあと、開いているドアの中へ手招きした。

部屋は真っ白でとても明るかった。中に入るとますます眩《まぶ》しく、サングラスをかけたくなるほどだった。実験室のようだ。ガラスの壁で奥が隔《へだ》てられていて、その手前に椅子が幾つも並んでいた。そこにもう一人、白衣の老人が座っていたが、立ち上がって、一礼した。

ロジと、お互いに認証し合ったあと、老人は僕に握手を求めた。しかし、名乗らない。僕も黙って、握手にだけ応じた。

明るいのは、ガラスの中だった。そんなに照度を上げる必要があるのか、と不思議に感じた。その光に包まれて、ほぼ正面に、ガラスのカプセルがあった。

「あの中にいるのですか?」ロジが尋ねた。

「そうです」老人は頷く。若々しく張りのある発声だった。「蘇生したナクチュの王子です。意識は回復しておりませんが、生体としては健康体です」

そういうのを健康というのか、と僕は思ったが黙っていた。

「なにか、変わったことはありませんか?　警備が充分とは思えませんけれど」ロジが指摘する。

「大丈夫です。二度と不祥事がないよう万全を尽くしております。昨夜から、警察と情報局の協力を得て、態勢を整えてきました。不法侵入者に備えておりますが、表向きはわざと平常を装っているのです。裏口から入っていただいたのも、そのためであります」

「心許ない感じですね」ロジは、小声で僕に囁いた。わざと老人に聞こえるように言ったみたいだった。こういうところが、彼女の若さである。

「たとえば、このガラスですが、厚さが十五センチもあります。わからないでしょう？」老人は目の前のガラスに片手を触れた。「ここからは見ることしかできません。入るためには、別のセキュリティを通らないといけない。測定をする場合も、あるいは診断をする場合も、中にはほぼ入れません。私も長く入っておりません。それほど厳重だということであります」

そういう厳重さを誇らしげに語ることが、僕には心配だ、と言いたかったが、黙っていた。僕がデミアンだったらどうするのか、ともききたくなったほどだ。

「あの、変な質問ですが、王子の頭部には、人間の脳が存在しているのでしょうか？」僕はさっそくきいてみた。

「は？　いや、人間の脳かどうかは定かではありません。ウォーカロンの脳かもしれない。しかし、年代的に、その可能性は低いものと考えられます」

「空っぽということはありませんよね？」

「空っぽ?」

「脳がない、という意味です」

「どうして、脳がないのですか? 脳がなかったら生きていられない」

「ですから、それは、それなりにバックアップする装置があって、それで生きているだけ、ということです。可能性はありませんか?」

「何の話をされているのかわかりかねますが、そんな可能性は考えられません。精密検査をしております。血管もリンパも、ほぼ正常に行き届いている。脳にも外的損傷は見られません。物理的には、正常という意味でありますが」

物理的? おかしな表現だな、と僕は思った。物理的に正常ならば、意識が回復するのではないか。あるいは、眠って夢を見ているなら、脳波でその活動がわかる。そういった現象が確認できれば、意識がないとはいわない。つまり、物理的になんらかの損傷がある、と判断すべきだろう。

「そういった一見正常な状態を装うことは、技術的に可能ではありませんか? 人間の本物の脳がなくても、あるように見せかけているという可能性をおききしているのです」僕は、丁寧に説明した。

老人は首を捻っていたが、僕を睨《にら》むような表情になった。どうやら、理解してもらえたようだ。

「それは、絶対にないと否定はできませんね。可能性はあります。しかし、どういった理由で、そんなことをする必要が生じるのですか？　それができるとしたら、そんなに昔のことではない。この王子は百年以上まえの人間です」

「いつ頃だったら、その偽装が可能だとお考えでしょうか？」

「う－ん。現在の脳波理論、あるいは弾性波測定を騙そうと考えた、としたら……、そうですね五十年くらいまえか、いや、もう少し昔でもできたかもしれない。天才的な科学者だったら、あるいは天才的な技術者がいたら、の話ですが……」

「ありがとうございます」僕は頭を下げた。ここへ来て、最も価値のある情報だった。

ロジが壁際へ歩いた。なにか連絡があったようだ。

こちらへ戻ってきて、彼女は僕と老人に言った。

「王子を安全な場所へ移すことになりました。ここでは防衛は無理だとの判断です」

老人は、表情を変えず、ただロジを睨みつける。

「デミアンの戦力を分析したのでしょう」ロジがつけ加えた。この言葉は、僕の方を向いて発せられたが、明らかに、老人に聞かせたかったのだろう。だから手薄だと言ったではないか、との表現にしなかっただけでも偉い。

9

　セリンは、通路へ出て、外を見にいった。なにか物音を聞きつけたようだ。すぐに戻ってきて、救急車が入ってきた、と報告した。サイレンは鳴らしていないらしい。

「救急車とは、目立つなあ」僕は言った。

「それに、警察の車両でしょうか、ほかに三台来ました」

　こちらは、パトカーではないらしい。警察の信号を発しているのは確認された。だから、ゲートを通過できたのだ。

「私たちも、一緒に行きます」ロジが言った。たぶん、そういった指令を受けたのだろう。

「次から次へと移動だね」僕は言った。「さっき、ディナを食べたところなのに」

「だいぶまえですよ、それは」ロジが指摘する。「お腹《なか》が減りましたか？」

「いや、そういう意味ではない」僕は片手を開いた。

　救急車は建物の反対側に回り、一階のシャッタから入る、と白衣の男が説明してくれた。ガラスのむこう側へは、下の階からしか入れないらしい。それほど、意外でもない経路ではないか。

少し離れたところで、床のハッチがスライドした。ガラスの内側は無人だが、天井近くのレールをクレーンが動いている。王子のカプセルの上でそれが停まった。フックのようなものが二本降りてきて、カプセルを掴むと、上に持ち上げる。それと同時に、横にゆっくりとスライドし、床の開口部の方へ移動し始めた。

「下へ行きましょう」ロジが僕を促した。

通路に出て、階段を駆け下りる。建物の反対側へ出られる場所は近くにはなさそうだった。入ってきたところから、ロジがロックを解除して外へ出た。セリンも一緒だ。道路には、まだコミュータが停まっている。僕たちが近づいていくと、それを認識してドアを開けたが、クルマに乗るつもりはない。道路を右へ走り、建物の端を回る道路へ右折。しばらく走ると、反対側が見えてきた。警察のものと思われる黒い車両が数台。一番奥に救急車が見えた。既に建物の大きな開口部へバックで進入しつつあった。大きなシャッタが上まで上がって、内部の光が漏れている。

そちらへ近づいていくと、警官が僕たちを制止した。セリンが証明書を手の上に投影し、身許の照合を促したが、邪魔にならないようにしてほしい、と言われた。この警官は、ウォーカロンのようだ。

少し迂回《うかい》し、建物から遠ざかる経路で、開いたシャッタの中が見える位置まで移動した。そこは搬入口のような場所で、天井の穴からカプセルが降ろされたらしく、既に細いフレームの台車に載せられていた。全体はよく見えなかったが、これを救急車の中に入れるようだ。

セリンが上を見た。

指を差す。僕も、空を見上げた。

高い音が近づいてくる。プロペラの羽音のようだ。だが、音源がどこなのかわからない。光るものはなく、星も見えない曇り空だった。建物の開口部から漏れる光が、湿度の高い空気に回折するように、周辺をぼんやりと照らしている。都会の夜は、こんなふうなのかもしれない。

「あそこです」セリンは、指を差すのをやめて、どこからか銃を取り出していた。振り返ると、ロジは少し離れた位置にいた。大きなゴミのコンテナの蔭《かげ》に隠れている。やはり、銃を両手で握っていて、今は銃口を下へ向けていた。

音が近づいてきて、飛行物体が僕にも見えた。大きさはわからないが、小さくはない。ドローンのようだ。警官たちも気づき、声をかけ合っている。

王子のカプセルは、既に救急車に載せられたようだ。だが発車しない。建物の中にいた方が安全との判断だろう。

警官が、上空へ向けてサーチライトを光らせた。警察の車両に装備されたもののようだった。すると、ドローンからオレンジ色の光が発せられた。警官たちは、一斉に伏せる。だが、変化はない。音もしなかった。

警官は素早く立ち上がり、空へ向けて発砲した。一人が撃つと、続けて、二人が発砲する。ドローンは加速しつつ旋回し、建物の方へ近づいた。

「シャッタを閉めろ!」誰かが叫んだ。

少し遅れて、シャッタが下り始める。救急車は中に入ったままだ。

「発砲の許可を得ました」セリンが言った。ロジに伝えたようだ。

ドローンは、低空を高速で飛び、建物の近くで旋回する。大きさは、一メートル半ほどではないか、と僕は目測した。建物を攻撃するような強力な武器を持っているとは思えない。

「先生、隠れていて下さい」セリンが叫ぶ。

僕は、周囲を見回したが、どこにも隠れるような場所はない。しかたがないので、ロジがいるコンテナへ走った。

セリンが撃ったのが見えた。すると、ドローンが傾きを変え、こちらへ向かってくる。

「伏せて!」ロジが叫んだ。まだ、彼女のところまで五メートルほどあった。

僕は膝《ひざ》を折り、頭を抱える。

ロジが両手を伸ばし、銃を上へ向けて撃った。

僕の真上くらいだったのではないか。軽い衝撃音のあと、明らかにモータ音が変化した。見上げると、ドローンは傾き、滑り落ちるようにカーブする。警察のクルマに当たりそうになったので、警官たちは散るように逃げた。だが、そこを越え、建物の手前に落ちた。破片が飛び散るのが見えたが、爆発はしなかった。

ロジはそちらへ走りだす。僕もついていく。

セリンは、それよりも早く、一直線にドローンへ近づき、銃を二発撃った。カメラか、送信機を破壊したのだろう。既にモータは止まっている。

警官たちも集まってきた。

「急げ。出発するぞ」閉じていたシャッタがまた上がり始める。

セリンは、空を見上げている。また来るかもしれない、と言いたそうだ。

ロジは銃を仕舞い、シャッタの方を凝視している。

「レーダくらい持っているんでしょうね」彼女は呟いた。警官に言ったのだろうが、近くにいるのはロボットのようだ。聞こえても処理をしないだろう。

「現在、近辺に飛行物体はありません」セリンが言った。彼女はレーダを持っているのか、それともネット上にいる味方のトランスファからの情報かもしれない。

救急車が搬入口から出てきた。ヘッドライトを点《つ》けたが、回転灯やサイレンは消されている。警官たちも、各自のクルマに乗り込んだ。

「どこへ移動するのだろう？」僕は呟いた。

「軍の基地らしいです」セリンが言った。

「詳しくは発表されていません」

それは、そうだろうと思った。ロジに促され、僕たち三人は、乗ってきたコミュータまで走った。建物の反対側だったので、途中で救急車や警察の車両に追い抜かれた。コミュータに乗り込むと、ロジが、救急車に追従して走るように指示をした。

コミュータは、来たときと逆向きに走り始めた。バックである。何百メートルもバックのままで走り、ゲートの手前で前の車両群に追いつき、そこで切り返して前を向いた。

「軍の基地って、どこにあるの？」僕は尋ねた。

「十五キロほど西です」セリンが答える。「途中、ほとんど地下を走ります」

そういった経路で選ばれたのかもしれない。ドローンの攻撃を受けにくい、というだけだが、そもそも相手は攻撃などしてこないはずだ。王子のボディを欲しがっている。破壊したいのではない。

「さっきのドローンは、何をしようとしたんだろう？」ふと思いついて、口にした。

「警備の者を排除するためではないでしょうか？」ロジが言う。「それとも、様子を見にきただけだったのに、先に撃ってきたから、応戦したとか？」

「そんなふうに見えた？」僕はきいた。

「そうですね。応戦とは思えなかった。レーザ照射をしたようでしたが、威嚇でしょうか。実弾は発射しなかったようです。武器を持っていたのでしょうか？」

「残骸を確認しましたが、武器はありませんでした。偵察機だと思われます」セリンが言う。「映像を出しましょうか？」

「いや、いい」僕は片手を広げる。「武器を持っていたなら、使ったはずだ。偵察が目的なら、上昇して離れただろう」

「では、何が目的だったのですか？」セリンが首を傾げる。

「そうか……」ロジが口を歪《ゆが》めた。「囮《おとり》だったんだ」

第3章　三つの秘策　Three secrets

「知ってるよ。火食い奇術師というものは、自分が火をつけなければならない時でさえも、火を食わずにはいられないんだ。そして、リー、きみは、心配事を作り出すために自殺しなければならない時でさえも、心配せずにはいられないんだな」

1

やがて、僕たちの疑念はリアルになった。一般道を走行していた救急車は急加速し、前を走っていたクルマの脇をすり抜けて前方へ出た。次に、センタ分離帯が途切れたところで、反対車線へ飛び出し、くるりとスピンして向きを変えた。幾つかのクルマが衝突したが、救急車はまた加速した。

僕たちのコミュータのすぐ横を通り過ぎ、後方へ走り去った。警察のクルマはターンする機会を逸《いっ》し、急停車するのが精一杯だった。僕たちのコミュータは、一番後ろで、多少離れて走っていたので、タイミング的に間に合った。

ロジが、コミュータをマニュアルに切り換えた。ステアリングが現れると、彼女はそれを握り、右へ切った。

僕は左へ倒れそうになる。そこにロジがいたら寄りかかっていただろうけれど、彼女はセリンの横のシートに移り、逆向きに座っている。否、座っているのではない。片膝を折り、その足をシートにのせた無理な姿勢だった。

コミュータは傾いたが、なんとか切り抜ける。その後も、タイヤが高い音を立て、左右にスリップしつつ、加速している。

「なんという、非力」ロジが叫んだ。「ちょっと、このシートをなんとかして」

セリンに指示したのは、ロジがいる場所のシートを運転用にセットしろ、という意味だったが、ロジがそこに片足をのせているので、動かないようだ。セリンは、なんとかしようとシートベルトを外して挑んだが、クルマが左右に揺れて、彼女はサイドに飛ばされ、壁とシートに躰をぶつけている。僕は見ていることしかできない。二人は勇敢だ。

コミュータは、ロジが望んでいる高速性能を持っていないようだった。モータ音は高まるが、救急車には追いつかない。だが、こちらの車線は比較的クルマが多く、速度を上げることが難しい。救急車も、ターンした直後よりも運転が落ち着いてきた。サイレンも鳴らしていないから、救急車だと誰も気づかないかもしれない。一般の交通に紛《まぎ》れて警察を撒《ま》こうとしているのか。

救急車は脇道に逸れた。トンネルから地上へ出るようだ。コミュータは、三台を挟んで後ろについた。地上に出ると、信号だった。救急車は停車している。

「気づかれていない？」ロジが言った。「警察はどうしたの？」

「連絡はありません」セリンが言う。「問い合わせていますが」

僕は後ろを振り返った。といっても、コミュータのモニタ映像が映し出されているだけだ。後続車はトラックだった。警察ではない。

「警察が三台だけというのも、変だった」ロジが言った。

「警官が偽者だったってこと？」僕がきいた。「トランスファにコントロールされていたのかも」

「その形跡はありませんでした」セリンが言った。「味方のトランスファが確認しています」

「だったら、雇われたロボットってことね」ロジが言った。「大事なものを運ぶにしては、人数が少なすぎた」

「救急車に乗っている人たちは？」セリンが尋ねる。

「同じじゃないかな」僕は言った。

「あ、大学から連絡がありました」セリンが報告する。「搬出口で、何人か心肺停止で発見されたようです。今、救急車の出動が要請されました」

「どういうこと？」ロジがきいた。既に、セリンがセットしたシートに、ロジは正常な姿勢で腰掛けている。

「シャッタが閉まったよね。あのとき、中でなにかあったんだ」僕は言った。「デミアンがあそこにいた。抵抗する何人かを排除して、救急車に乗り込んだのでは?」

「問い合わせます」セリンが言った。

片側一車線の道路を走っている。救急車はコミュータの五十メートルほど先だ。また交差点で左折し、暗い道に入った。ロジもそちらへステアリングを切った。間にはクルマが一台だけになった。

「あれに、デミアンが乗っているわけですね」ロジが舌打ちした。唇《くちびる》を噛《か》むような仕草も見せる。

「応援を要請しました」セリンが言った。「大学のサーバに入り、記録映像を得ました。映します」

セリンが横の壁を向き、小さく投影した。早回しになっているようだ。黒っぽい服装の者が白衣の男を襲い、一撃で倒す瞬間が捉えられている。救急隊員が、次に倒される。そこでスローになる。画像は粗《あら》くなったが、アップになった。フードを被っていたが、顔が一瞬見える。それを形状解析し、正面を向かせた顔が映し出された。

「デミアンだ」僕は呟いた。運転をしているロジに教えてやるつもりだったが、ロジも横を向いて映像を見ていた。彼女はすぐに前に向き直った。

「仲間がいると思いますか？」ロジは、僕に尋ねた。

「どういうこと？」

「敵は一人か、ということです」

「たぶん、一人じゃないかな。何人もいたら、もう少し穏やかな方法が選択できたはずだ。たとえば、大学の出口で、銃を突きつけたら、クルマも全部奪える」

「穏やかではないですね」

「トランスファが一緒だね。それから、脳も二つある。だから、一人といえるかどうかという問題はある」

「そんなことはきいていません」ロジが微笑んだ。彼女もまだ余裕があるようだ。

「このまま、つけていって、どうする？」僕は尋ねた。

「警察が来ると思いますが」ロジは、セリンを見ながら答える。

救急車が右折し、間を走っていたクルマが直進した。ロジは、コミュータをそのまま右折させる。救急車のすぐ後ろについた。

「ばれてませんか？」ロジが小声で呟いた。

「この先に、消防署があります。救援を求めましょうか？」セリンが言った。

「警察は、どうして来ないの？」ロジが呟いた。

「なにか、作戦を立てているのでは？」僕は言う。

「そういうのは、味方だったら教えてもらいたいものです」ロジがそう言って、溜息をついた。

暗い道になった。少し上っているようだ。都心にこんな寂しい場所があったのか、と不思議に思い、モニタの地図を確認すると、墓地の中を抜ける道のようだった。かつてここは、一千万人の人が住んでいた大都会だが、今はその四分の一もいないだろう。住宅地の多くは墓地になったと聞いたこともあった。墓を持つこと自体が、今では非常に珍しいことだから、墓地が増加したのは、ずいぶん以前の話だ。人間だけでなく、人間が作った都会という装置も、こうしていずれは自然に還《かえ》っていくのか、と想像した。

「あ、停まりました」ロジが叫んだ。

救急車が停車し、左に寄った。だが、片側一車線なので、こちらも停まらざるをえない。コミュータは減速し、救急車のすぐ後ろに近づいた。

「行き過ぎる方が良いですね」ロジが言った。

対向車が途切れたところで、センタラインを越えて前に出る、しばらくそのまま走った。百メートルほど進むと、道は下りになり、左へカーブしていた。

ロジは、そこでコミュータを停めた。すぐに後ろを振り返る。

「こういうときに、小型ドローンを飛ばしてほしい」ロジは呟く。

「申し訳ありません。持っていません」セリンが答える。

「何をしていると思います？」ロジは僕を見た。

「このクルマの動向を確かめようとしているのかな」僕は答えた。「むこうも、ドローンを持っていないみたいだ」

2

デミアンは、大学のあの建物に侵入していたのだろうか。それは、さすがに考えにくい。場所が限定できなかった可能性が高いし、王子が治療を受けている施設は、セキュリティはいちおうトップクラスのはずだ。

ということは、デミアンは、あの救急車に乗ってやってきたことになる。トランスファを使って、偽の情報を流した。では、王子を移動する作戦自体が、彼が偽装したダミィか。

そうだとすれば、警官たちもダミィだった可能性が高い。だから、警察に連絡をしても、出動が遅れている。現状を把握できていないためだ。

もともと、空港から直行した僕たちが、尾行されていたのではないか。それで、デミアンは王子の居場所を突き止めた。そのうえで、用意していた救急車と警官隊で、あそこへ入った。ドローンを囮に使ったのも、救急車を建物に入れたタイミングだった。ここで、大学の関係者を排除する必要があったから、シャッタを降ろさせ、外部から見えなくしたのだ。

つまり、観客は、僕たち三人だけだった。

驚いている場合ではない。それだけの知能を持ったウォーカロンだ。次にどんな手を打つのか。既に仕込まれている可能性が高い。相手は、諜報活動用ウォーカロンだ。

サイレンが鳴った。

後方である。

「逆へ向かった?」ロジが言った。

「音源は現在は停止しています。あ、こちらへ近づいてきました」セリンが言った。ドップラ効果で測定しているのだ。

「その空き地へ入って」僕は指差した。

ロジがすぐに反応し、コミュータをスタートさせる。停車していたところの近くに、空き地があった。手前に建物。奥は塀で、その間の三メートルほどの狭いスペースだった。なにか目的があるものとは思えない。コミュータはそこへ突っ込む。

「来ます!」セリンが叫んだ。

サイレンが大きくなる。カーブを曲って現れた救急車が、たちまち道路を通り過ぎていった。

「追いますか？」ロジがきいた。

「クルマに、追わせる」僕は言った。「私たちは降りる」

「ここで？」

僕がまっさきにコミュータから降りた。ロジとセリンも降りてきた。コミュータに救急車の後をつけるように、ロジが指令した。見失った場合、もしくは三十分以上経過した場合には、この場所に戻ってきて待機、とつけ加える。コミュータはバックして道路に出て、左へ走り去った。既にサイレンはだいぶ遠くなっていた。

「それで、どうするのですか？」ロジがきいた。

「とりあえず、あちらへ」僕は指を差した。道路を戻る方角である。なにしろ、そちらへしか歩けない。

歩道はなかった。カーブした道路の脇を一列になって歩く。道の先が見えてくる。

救急車が、そこにいた。

僕たちは立ち止まり、慌てて後退する。

道から離れ、近くにあった階段を駆け上がり、墓地の中へ入った。高い位置から、救急車が切り返しているのが見えた。道路へ戻るのかと思ったが、そうではない。左右から来るクルマが途切れるのを待っているようだ。反対側へ横断するつもりらしい。そちらに細い道路が見える。

「むこう側は、何?」僕はきいた。

「公園と墓地です。あちら側の方が広いようです」セリンが答える。

「建物はない?」

「五百メートルほど入ったところに、記念碑と、納骨堂があります」

「やっと警察と連絡が取れました」ロジが言った。「こちらの現在位置を伝えました。道路を先へ行った救急車も把握したと」

「あちらの救急車は、さっきの消防署から出てきた本物だ」僕は言った。「ただし、出動させたのは、トランスファだと思う。指令は偽物」

むこうが消防署の救急車を囮に使ったように、こちらもコミュータを囮に使ったというわけである。まさに騙し合いになった。

「あ、警察がダミィの救急車出動指令を把握したそうです。こちらへ応援部隊を展開する、と言ってきました」

デミアンが乗っていると思われる救急車が道路を横断した。道は真っ直ぐに下っている。途中でストップランプが明るくなった。

「あとは、警察に任せよう」僕は言った。

「え?」ロジが振り返った。僕を睨む。「何のためにここまで来たのですか?」

「いや、わかった。冗談だよ。ロジ」僕が言い終わらないうちに、彼女に手首を摑まれ、引っ張られる。「だけど、危険なことは避けよう。見るだけにしよう」

まず、道路を横断した。左右からクルマが来るが、人が渡っているから、自動的に止まってくれる。墓地を下っていく道へ入った。

セリンは、たちまち先へ行ってしまい、姿が見えなくなった。同じ道を走っていれば、真っ直ぐだから見えるはずだ。そうでないところ、つまり墓地の中を走っているのだろう。最低限の白い常夜灯が、道に沿って並んでいた。敷地《しきち》内には樹木が多く、道以外は見通しが利かない。セリンは地図情報を得ているから、目的地がわかっているのだろう。僕とロジは、道を直進した。既に、救急車は見えない。ライトもない。どこか脇道へ逸れたらしい。

「あのさ……」急ぎながら、ロジに呼びかける。

「何ですか?」

「王子のボディくらい、頭の持ち主に返してやれば良いのでは?」

「そうですか? それが正義ですか?」

「いや、正義というよりも、人情的に」

「人情? 正しかったら、下さいと言えば良いのです」

「うん……、まあ、そうかな」

さきほどの道路から二百メートル以上入っただろう。周囲は真っ暗だ。常夜灯以外にを持っていれば支障はない。セリンが進んでいるのは、闇の中といえる。彼女は、赤外線の目を持っているから支障はない。もと情報局員のロジも見えているだろう。僕も赤外線メガネを持ってくれば良かった。

ようやく横に進める脇道が見つかった。両側にある。四叉路《よんさろ》だ。右を見ても、左を見ても先は真っ暗だった。脇道には常夜灯がないらしい。クルマのライトらしきものも見えない。

「右です」ロジが言った。「セリンがこの先にいます。手を振っています」

「あそう……。肝試しかもしれないね」

「肝試しって、何ですか?」

「いや、なんでもない。納骨堂かな?」

「そうです。あちらです」

その道を百メートルほど入ったところで、周囲が開けた場所に出た。樹木がなく、起伏もない。墓もなかった。地面がどんな状態なのかよくわからない。道はアスファルトのようだったが、左右は短い草地みたいだ。天然のものではないだろう。平地がどれくらいの広さなのかよくわからないが、おそらく中央と思われるところに、建物らしきものが認められた。照明は灯っていない。周囲も真っ暗だが、星のない空でも、都会の明かりが拡散しているのか、わずかに明るさがある。そのため、構造物のシルエットが見えた。

「救急車が停まっています。あそこに隠れましょう」ロジが手を引いた。広い場所には出ていかず、樹が多い場所を進み、ベンチの後ろで屈んだ。納骨堂までの距離は五十メートルくらいだろうか。

左で僅かな物音がした。ロジが反応したが、銃を持っているかどうかは見えなかった。否、たぶん持っているだろう。セリンが走り寄ってきた。

「納骨堂のデータはありません。内部がどうなっているか、公開されていません」

「たぶん、地下に収納スペースがある」僕は言った。「地上にあるのは、モニュメントだろう」

「ここは、野外ステージとしても使われています」セリンが言う。

「え、そうなんだ。こんなところで、何をするのかな」

「肝試しじゃないですか」ロジが冷たい口調で言った。

面白いことを言うものだ。彼女も成長している。喜ばしい。

3

さきほど道路を先へ走り抜けていった救急車は、偽の通報を受けたものだったが、その原因がネット上のトランスファだと判明したらしい。やはり、デミアンが仕掛けたのだ。

大学からの脱出に続き、二つめのトリックだ。まだまだなにかするのではないか、と僕は考えた。

警察がここへ向かっている、とロジが言った。あと数分で、到着するらしい。セリンは、上空にドローンが飛んでいる、と指を差した。僕にはまったく見えない。信号を発していて、警察の偵察機だとわかった。

おそらく、デミアンも気づいている。どうしてこんな場所へ逃げ込んだのか。最初からここへ来る計画だったのだろうか。

警察が包囲すれば、救急車でその網を突破することは不可能だ。となると、空しかない。彼一人だったら、小型ジェットを使って脱出できるかもしれない。だが、目的は王子の生体だ。遺体ではない。生きている。生きていることに価値があるはずだ。持って逃げることは簡単ではないはず。

「どうしたら良いと思いますか?」ロジが僕にきいた。「なにかお考えがあるようです」

「いや、ないから、今考えている」

「ジェット機が来るのでは?」

「現在、半径十キロ以内には、高速飛行物体はありません」セリンが言った。

「警察が来ました」ロジが、来た方向へ顔を向けた。「こちらの位置を知らせました。納骨堂を包囲すると言っています」

「一安心だね」僕は溜息をついた。

「油断はできません。デミアンの戦闘能力は、警察には知らせてあります」ロジは言う。

「軍隊を要請したのですが、それに匹敵するものを手配すると」

「へえ、ここは都心だからね。ミサイルを撃つわけにはいかない」

「あ、ネットが遮断されました」セリンが言った。「停電ですか？」

「警察が遮断したのだと思う」ロジが言う。「トランスファを封じるためでしょう」

「それは、まずまずの戦略だね」僕は言った。

後方から、物音が聞こえる。やがて、人が近づいてきた。

「警察です。情報局の方ですか？」

「そうです。認証を」ロジが立ち上がる。

「確認しました。情報提供に感謝します。もう心配はいりません。完全に包囲しました。これから、輪を狭めていきます。人質は、意識不明の重体患者が一人。まちがいありませんね？」

「ええ、だいたい、そのとおりです」僕は答える。

「犯人は、何人ですか？　姿を見ましたか？」

「いいえ、確認していません」ロジが答える。「戦闘用のウォーカロンで、ドイツで事件を起こしています。データは届いていますか？」

「はい。把握しています。デミアンと呼ばれているそうですね。しかし、そのウォーカロン一人なのかどうかは、確認されていないのですね？」

「確認していません」

「わかりました。あとは任せて下さい。後方へ下がっていた方が安全です。万が一の場合、流れ弾の危険があります。この周辺も、非常事態エリアになり、立入り禁止となっています」

「自分たちの身は守れますから、ご心配なく」ロジが言った。

「そちらのお嬢さんは？」

「はい、大丈夫です」セリンが応えた。

僕にはきいてくれない。たぶん、僕が情報局員のリーダだと思っているのだろう。一番自分の身が守れないのは、僕なのに。

その警官は、前に進み出た。相手が赤外線で見ていたら、見つかってしまうだろう。

「よし、始めよう」彼が、普通の口調で言った。

一斉にライトが灯った。眩しくて、目が開けていられない。一つではない。広場を囲んで、十基以上あっただろうか。

真っ白な光が、納骨堂へ向けられ、そのストラクチャは、まるでホログラムのように浮かび上がった。

白い建物だ。石造だろうか。窓はなく、周囲は階段になっているようだ。高さは十メートルほどある。すぐ左に、白いワゴン車が駐車されているのも見えた。偽の救急車である。人影は見えない。

納骨堂の周囲の地面はほぼ平らで、グリーンに輝いていた。半径が五十メートルあるわけだから、直径百メートルの円形の広場になる。その円周に、警察が待機し、十以上のライトが圧倒的な光量を中央に放っている。建物は、どの方向にも影がない。

シールドを手にした警官隊が、前に進み出て整列した。これも周辺から同時に現れた。ロボットの部隊のようだ。二十体から三十体ほど。それが、十隊以上いる。次に、六輪の装甲車が現れた。これは、かつて見たことがある。普通のクルマよりは一回り大きいが、一般道を走行できるサイズのものだ。

「さすがに日本」ロジが言った。「思ったよりも、準備ができていましたね」

「どこからこんなに来たんだろう。いつから準備していたのかな」

「近くに、軍の基地があります。そこからの借り物ではないでしょうか」ロジが言う。

「内緒ですけれど、けっこう共有している設備があります」

警察と軍隊で、という意味らしい。後ろめたいこととは思えない。内緒にしないで、公開すれば良いだけではないか。

「よし、進め」さきほどの警官が言った。彼自身が既に十メートルほど前進していた。

ロボット隊が静かに進み始める。小走りくらいの感じだ。また、装甲車はその前に出るように進んだ。

最初はグループ間に距離が開いていたが、中央へ近づき、輪が小さくなって、それがつながった。ロボット隊は、途中から二列になって進んだ。

装甲車は、全部で八両だった。納骨堂の手前十五メートルほどのところで停車した。ロボット隊は、その後方に並んでいる。シールドを前に出しているだけで、銃などは構えていない。

「建物内の者に告げる。我々は警察です。完全に包囲されている。武器を放棄して、出てきなさい」

静かな口調で、好感が持てた。というか、そういう印象を与えるような言葉や発声が選択されているのだろう。さきほどの警官の声ではない。

ロボットが二体、走って前進し、救急車の側へ寄った。車内を確認している様子だ。味方に手を振った。クルマには誰も乗っていないようである。続けて、入口のドアに駆け寄った。そこへ、さらに三体が向かった。

アナウンスは、もう一度繰り返された。警官の誰かがしゃべっているのではない。支援している人工知能の声だろう。

「屋上に誰かいます」セリンが叫んだ。「立ち上がりました」

僕にも見えた。ライトで照らされた舞台のようだった。十メートルの高さだから、近づいたロボット隊や装甲車からは死角になるのではないか。遠く離れている僕たちでも、上半身だけが見えた。

「デミアンです」セリンが言った。「確認できました。今、こちらを向いています」

「私を見ているようです」ロジが言った。

「私は、マスクをしているからね」僕は言った。

「いえ、認識できると思います。どうするつもりでしょう?」

「上を見ました」セリンが言う。

「飛ぶんじゃないかな」僕は言った。「ジェット機が迎えにくるんだ。屋上に着陸するつもりだろう。だから、この場所を選んだ」

警官隊も、屋上にデミアンがいることに気づいたようだ。ロボット隊は、一気に建物に近づいた。ドアを壊し、中に突入した。破壊する音が鳴り響いた。

「いや、中じゃない。中からは行けない」僕は呟いた。周囲が、階段状になっている。

「周囲の壁が階段なんだ」

階段と呼ぶには急な傾斜かもしれないが、足をかけることはできるだろう。

「気づいたようです」ロジが言った。「もどかしいですね」

「今、なにか、上から落ちてきました」セリンが言った。

「どこへ?」ロジがきく。

「屋上へです」

僕にはなにも見えなかった。

「あ、飛んだ!」セリンが叫んだ。

デミアンが空中に浮かんだ。白い大きなものを抱えている。王子のボディのようだ。ほぼ、二人が抱き合うように重なっている。

飛んだのに、音がしない。

静かに、ゆっくりと、既に建物の三倍ほどの高さまで上がった。

「どうやって、飛んでいるんだ?」僕は言った。

みるみる高くなる。

警官隊も、ほぼ全員が空を見上げていた。

「吊《つ》っているのかな」僕は呟いた。

クレーンだろうか、と考えたが、そんなものは近くに見えない。

周囲のライトのうち三基ほどが、ようやく角度を変え、空へ向けられた。

その光の中を、デミアンはさらに上昇していく。既に仰角は四十五度になる。つまり、高度五十メートルか。

それよりもさらに、ずっと高いところに、黒い影があった。ライトがさらに上を向き、それを捉えた。球体に見えた。かなり大きい。

「飛行船ですか?」ロジが呟いた。

「飛行船だったら、動力の音が聞こえる」

「動力があるようには見えませんが……」

セリンが上を向いて、じっと対象を捉えている。望遠レンズで見ているのだろう。

飛行物体は、極めて低速だが、少しずつ南か東へ移動している。風に流されているのかもしれない。

デミアンの姿は点のように小さくなった。それに比べて、球体は大きい。

「球体の直径は、約二十メートル。今も大きくなっています。上昇しています」セリンが言った。

「乗り込むようなゴンドラがある?」僕はきいた。

「ありません。球体の内部にも、入れるとは思えません。沢山の細いロープのようなものが確認できました」

「先生、次の手は?」ロジが僕の前に立っていた。

「先生じゃない」

「グアト」

「私が考える役?」自分の鼻を指差した。

「戦闘機か、ヘリか、それともドローンがまもなく来ると思いますが」ロジが言う。

「警察と軍隊が共有しているやつだね?」

「冗談を言っている場合ではありません。あれは、風船ですか?」

「たぶんね。ヘリウムのバルーンだろう。古典的な乗り物だ」僕は言った。「撃てば、多少はガスが抜けて、上昇速度は落ちる」

「王子が一緒ですから、撃てません」ロジが溜息をつく。「そのつもりで、あんなふうに抱えていたんです」

「風船を撃てば良かった」

「撃ったら、王子が落下します」

「数発くらいだったら、それほどのこともない。少しずつ高度が下がるだけだ。爆発もしない」

「そういうことは、早く言っていただけたら……」ロジは、言葉を途中で切り、さらに大きく溜息をついた。

4

警察は、納骨堂の中を調べているようだった。ロボット隊は、大型トラックに乗って帰っていった。警察のヘリ数機が、風船を追跡している、と聞いた。

僕たちは、墓地の中の道を歩いて戻った。警察の車両がつぎつぎと道路へ出ていくのも見送った。

「風船をあらかじめ上げておいた、ということですか？」歩きながらセリンが質問した。

「いつからでしょう？」

「警察が来てからか、ちょっとまえじゃないかな。建物の上は誰も見ていなかった。風船は、最初は小さいし、色も黒いから、目立たない。音がしないしね。ヘリウムを気化して充塡《じゅうてん》する、簡単な装置がついているだけだ。被覆は、折畳み式で、展開したあと膨張する。だんだん大きくなって、浮力を増すから、あっという間に高く上がるだろう。人を二人持ち上げられる浮力になったら、止めのロープを切るだけ」

「なにか落ちてくるように見えたのは、ロープだったのでしょうか？」そういえば、セリンはそれを見たと言った。

「いや、ヘリウムガス充塡器を捨てたんじゃないかな。余分なウェイトになるから」

「警察は追っています。位置も確認していますから、もう逃げられないんじゃないでしょうか？」ロジが言った。

「う～ん、どうかな。あれは囮かもしれない」

「え？」ロジが驚いて足を止めた。

「いや、それはないだろうね、さすがに」

「驚かさないで下さいよ」

「だけどさ、何度も騙されている。トリッキィなことを仕掛ける才能があるんだ、彼には」

コミュータは指示どおり戻ってきていた。本物の救急車を追って走ったところで時間切れになったのだろう。道路を渡り、コミュータに乗り込んだ。

「次は、どこへ行くのかな?」

「食事にいきましょうか?」ロジが言った。

「それ、どういう意味?」僕は尋ねた。

「言葉どおりの意味ですけれど」

びっくりしてしまい、その後の言葉が出なかった。空に上がったデミアンを追うのは諦《あきら》めた、ということらしい。警察と軍に任せる。大いに賢明な判断である。ただ、ロジの口から聞くとは予想していなかった。

コミュータのおすすめレストランをモニタに表示してもらい、ロジとセリンに選んでもらった。僕はなんでも良い、と思ったからだ。自動運転で都心へ戻る方向へ走ったが、途中でデミアンが海上へ出た、という連絡が入った。

「海を渡るつもりかな?」僕は言った。「それとも、船に降りるということかな?」

「警察のヘリコプタが、追尾しています。刺激しないようにしていると話しています」セリンが言った。

「刺激したら、王子を落とすかもしれないから?」僕は尋ねる。だが、誰も返事をしない。「だから、もう諦めて、彼にあげたら良いのに。日本人が持っている権利は、そもそもない。あのボディの持ち主は、デミアンかもしれないんだから」

「おそらく、そういったことを考えて、手出しができないのだと思います」ロジが言った。「法律的にも、そうなるのではないかと」

「情報局は、その判断なの?」

「いえ、はっきりとは聞いていませんけれど」

都心は、想像していたよりも賑やかだった。人口は減っていても、ウォーカロンは急増しているし、ロボットも増えている。最近では、海外からの観光客は激減していて、ビジネスでの出張もまずありえない。だが、そういった名目で、移民と同じ状況になっている者はかなりの数に上るらしい。国というものの境界が、限りなく希薄になっているので、誰も真剣に調査をしていないのが本当のところだろう。

レストランは地下らしい。入口の前でコミュータから降りた。エレベータで地下五階まで下り、しばらく両側に店が並ぶ通路を歩いた。日本食を選択したのはロジである。僕は、日本食というものが具体的にどういう範囲なのか、よく知らない。

その通路の突当《つきあ》たりで、店の入口の両側に竹のオブジェが飾られていた。

「警察から、映像が届きました」セリンが言った。

個室に案内され、お任せの料理を注文したあと、セリンが壁に映像を投影してくれた。暗い場所で、風船が海面に浮かんでいるところから始まった。

「あれ、落ちたわけ?」僕は思わず呟いた。

カメラが切り替わり、水面を泳ぐデミアンらしき人物が映し出される。白いシートの荷物を引っ張っている。王子に違いない。見たところ、水に浮かんでいて、あらかじめ浮力を増す処置がされているようだ。水に落ちることが、予定されていたのだろう。近くに黒いものが現れた。飛沫《しぶき》が僅かに上がり、波紋が広がる。

「なるほど、潜水艦か」僕は呟いた。「警察は想定していたかな?」

「というよりも、手が出せないわけですね、結局」ロジが言った。「思い切って攻撃すれば良かったのに」

「いや、どうかな。一か八か仕掛けるよりは、奪われてしまった方が被害が少ない、という計算だと思う。どこへ持っていったか、くらいは突き止めたかっただろうけれど、水に潜られると、それも怪しくなるね」

「大騒動で追跡したのに、ただ、逃走中の映像を撮影しただけですか。マスコミに売ったら、多少は取れると思いますけれど」ロジが腕組みをしていた。精一杯の皮肉を言ったつもりかもしれない。「ああ、せめて食事をゆっくり楽しみましょう」

おそらく、日本に対して、デミアンはなんらかの通告をしたのだろう。自分が、その生体の持ち主である、と。その場合、警察は、手段に対しての防御は可能だが、本人への手出しは、のちのち行き過ぎとの非難を受ける可能性がある。本腰を入れることができなかったのは、このためではないか。

「デミアンの話はもうしない？」僕はロジに尋ねた。

「いいえ、そんなことありません。このあと、どうなると思いますか？ 是非ご意見を伺いたいと思います」ロジがアナウンサのような口調で言った。余所《よそ》行《い》きの声だ。この場合は、戯《おど》けているのである。

「一つの可能性は、モレル氏だね」僕は言った。

王子を殺したといわれている人物だ。もっとも、結果的に王子は蘇生したのだから、殺されたわけではない。意識不明となったあと、一旦は冷凍されたが、どこかの時点で脳だけが取り出された。そのときには、おそらく脳は蘇生しているはずだ。でなければ、ウォーカロンに搭載されるはずがない。そういった大手術には、人間の意志、本人の意志が尊重されるだろう。

「フランス国内にいる、という情報が、一年ほどまえの最新のものです」ロジが言った。モレルの動向である。

「あのくらいの人物になると、世界中どこへでも自由に行けると思うけれど」

「モレル氏のところへ行って、デミアンは復讐するのですか？　それとも、そのまえに、王子の躰に脳を戻すつもりでしょうか。それで初めて復讐する人間に相応しい状態に戻れます」

「そんな手順を踏むかなぁ……」

僕がそう言ったところで、料理が運ばれてきた。着物姿の店員は、たぶんウォーカロンだろう。顔が白人っぽい。ただ、着物は似合っていた。

「着物がお好きですか？」ロジが小声できいた。

「は？」僕は、彼女の言葉を聞き違えたと思った。「着物？　ああ、いや、特にそんなことは……」叱《しか》られているのかと思ったが、どうやらそうでもない。「動きにくいよね、あれは」

「動きにくい」ロジが言葉を繰り返した。その意図は不明であるが、僕の表現が面白い、という意味だと教えてくれたことは過去にある。

「着物に限らないけれど、ファッションを褒めることがあるね。綺麗《きれい》だとか、可愛《かわい》いとか、子供や若い人に対してのもの言いだから、最近あまり機会がなくなったけれど、ウォーカロンやロボットに対しても、ときどき耳にする」

料理を食べ始めた。小さなおにぎりみたいなものに、海苔《のり》が巻かれていた。肉に野菜を巻いたものも添えられている。長方形の皿に、それが二つだけのっていた。奥床しいスタイルである。僕は箸《はし》で、それを二つとも食べた。思ったとおりの味だった。こういうのは、裏切らない味とでもいうのか。

「何がおっしゃりたいのでしょうか？」ロジが首を傾げた。面白がっている顔である。

「それを着ている本人を褒めているのか、それとも、着ているものを褒めているのか、どちらだろう？」

「さあ、どちらでしょうか。個人的には、どちらでも良いと思います」

「うん、だいたい、明確に分けたりしない。言われた方は、褒められているのは自分のことだと思う」

「服を褒められたとしても、その服を選んだのは自分ですから」

「その自分の躰が、メカニカルなものであっても、同じだろうか？」

「ほぼ同じではないでしょうか」

「では、自分の脳が別のところにあったら、どうだろう？」

「同じだと思います。本で読んだことがありますが、自分の子供が褒められると、母親は嬉しいそうです。自分が産んだ子には、そういった感情が湧くといいます。であれば、脳だけ抜け出したとしても、元は自分のボディなのですから、自分のことのように嬉しいのでは？」

「なるほどね」

「私が誰かに褒められたら、先生は嬉しいですか？」

「は？　先生じゃなくて、グアトだけれど」

「嬉しいですか？」

「自分のことのようには嬉しくないが、ロジのことのように嬉しいかもしれない」

「意味がわかりません」

「あのぉ、よろしいでしょうか？」セリンが小さな声で言った。

「何？」ロジがそちらを振り返る。

「潜水艦は、フランス船籍で、民間企業が所有しているものだそうです」

「フランスね……。モレル氏はフランス人だ」僕は言った。

「警察は、追尾を断念しました」セリンが続ける。「潜水艦は、もうすぐ、トウキョー湾を出るそうです」

「王子に発信器とか付けていないのかな？」僕は言った。

「付けても、すぐに発見されて、廃棄されるだけです」

「呑《の》み込《こ》ませておくんだ。それとも、躰にチップを埋め込んでおく」

「簡単に、取り除けるかと」

　それ以上のことは、思いつかなかった。次の皿を着物の店員が運んできた。今度は小さな椀《わん》だった。テーブルに置かれてから開けてみると、透明のスープである。珍しい香りが漂った。食べるためにすぐに開けるのに、蓋があるのが不思議である。いちいち器が仰々しいことだ。自分の家でこれをしたら、絶対に蓋をなくしてしまうだろう。

「デミアンに資金提供しているのは、誰でしょうか？」ロジが言った。「日本に来たり、救急車やロボットを動かしたり、潜水艦をチャータしたり……。全部トランスファに乗っ取らせているとは思えません。一人では無理があります。誰か、協力者がいるように思います」

「それが、モレル氏かもしれない」僕は言った。「美味《おい》しいね、このスープ。何かな」

「マツタケです」セリンが言った。「マツタケが何なのか知りませんけれど」

「モレル氏が、スポンサだというのですか？」ロジが尋ねる。「では、デミアンは、彼に復讐するためにボディを盗んだのではない、ということですね？」

「モレル氏は、一度あれを盗んでいる。彼は、王子が欲しいんだ。だから、デミアンを唆《そそのか》した。君のボディだぞ、自分のところへ帰りたくないか、とか言ってね」

「よくそういうことを思いつきますね」ロジは微笑んだ。機嫌が直ったようだ。

店員がやってきた。次の料理か、と思ったがなにも持っていない。

「ヘルゲン様とおっしゃる方が、お客様にお会いするためにいらっしゃっているのですが、こちらへお通ししてよろしいでしょうか？」

ロジとセリンは、目を見開いた。しかし、言葉は発しない。僕は、たぶん表情を変えることはなかっただろう。

「はい、お願いします」冷静に応えた。こうなることは、なんとなく予感していた。まさか食事中に来るとは思っていなかったが。

「どうして、ここがわかったのでしょうか？　つけられていた？　あ、コミュータか……」ロジが唇を噛んだ。「情けない……」

5

店員に案内され、ヘルゲンが部屋に入ってきた。彼は一人だった。どこにでもいるビジネスマンのスタイルで、髪も綺麗にセットされていた。

「こんばんは」日本語で挨拶をして、頭を下げた。

「デミアンを取り逃がしました」僕は言った。「日本の警察に失望されましたか？」

「お食事中に申し訳ありません」これはドイツ語だった。まだ、挨拶が終わっていなかったようだ。「日本の情報局を通じて、こちらの警察には全面的に協力をしております。当方が得ている情報は伝えてありました。したがって、蘇生したボディが、デミアンの中に存在するかもしれない脳と同一人物である可能性を、警察は知っていたのです。法的な理由から、積極的な干渉ができなかったのは、やむをえないことです。ここがドイツだったとしても、同じ結果になったと思われます。ただ、逃走には、大掛かりな仕掛けがありました。協力者が誰であるのかを、突き止めることで、次の手が打てると思います」

店員がテーブルに椅子を一つ加えていったので、僕はそこを手で示した。

「どうぞ、お座り下さい」僕は言った。「もう、とっくに手は打たれたのでは？　次は、どちらへ行かれるのですか？」

「ミヤケ島です」ヘルゲンは椅子に腰掛けてから答えた。「もし、よろしければ、ご一緒にいかがですか？　すぐ近くのビルの屋上に、ジェット機を待機させています。潜水艦よりも、二時間は早く到着できると思います。日本の警察も、情報局も、既に向かっているはずです」

「ミヤケ島というのは？」僕はセリンにきいた。

彼女が、地図を壁に出してくれて、ここです。と指を差した。だいぶ南の方だ。

「何がそこにあるのですか？」ロジが質問した。

「ジャン・ルー・モレルがいます。彼の別荘があって、現在そこに滞在しているはずです。潜水艦は彼のものです」

「では、やはり、自分の子孫を取り戻そうとしているわけですね」僕は言った。

「それは、証明されていません。モレルの遺伝子データが公開されていないので、確認ができません。しかし、可能性は高いと思います。デミアンのスポンサといっても良いでしょう」

「お金持ちのやることは理解できませんね」僕は微笑んだ。「殺した本人が、被害者を蘇生させたい、ということになります」

「動機は不確定です」ヘルゲンが言った。

「王子は、大丈夫なのでしょうか?」ロジがきいた。「その別荘に医者はいますか?」

「生命維持装置は、移動中も稼働していたことが認識されています」ヘルゲンは答えた。

「モレル氏が、日本にいたとしたら……」ロジは僕を見て囁いた。「まともじゃない人がいるということです」

すぐに発つことになるのかと思ったが、ヘルゲンが、食事を終えるまで外で待っています、余裕はありますからゆっくりなさって下さい、と言って部屋を出ていった。このため、その後十五分くらい、僕たちは食事に専念した。会話はあまりなかった。ミヤケ島へは、ロジは行ったことがない、と話した。どんな場所なのかは、セリンが調べてくれた。火山がそのまま島になった、というのが地理的な特徴である。ジェット機で飛べば、一時間もかからない。

レストランを出たところで、ヘルゲンと合流した。ロジは、コミュータにログオフの信号を送ったようだ。歩道をワンブロック歩いたところにホテルが建っていた。見上げたが、どれくらい高いのかわからないほど高い。エスカレータで十メートルほどの高さまで上がり、ロビィに入ったところで、エレベータに乗った。

エレベータの中で四人は黙っていた。僕は、デミアンと潜水艦とモレルのことを考えた。

どうして、日本の別荘を使うのか。そこへ王子を運び入れて、何をするのか。脳を戻すような大手術を行う設備があるとは思えない。では、何ができる?

躰の測定をすることは可能だ。あらゆるデータを取る、ということは可能だろう。あるいは、細胞を採取することも簡単だ。なにも古い躰を使わなくても、同じ細胞から新しいボディは作れるはずだ。そのときには、脳もまた生まれることになるのか。

どうもよくわからない。

自分は考えすぎなのではないか、とも思った。その傾向は僕のスタンダードだ。これまで、考えすぎて失敗したことは少ないので、ついつい考えてしまうのだが、図に乗って余計なことまで想像してしまうのは、安全なやり方とはいえない。

モレルは、王子を欲しがっていた。たしか本人が、自分の息子に会いたい、というようなことを語っていた。自分が殺してしまったことについては、おそらく間違いだったと反省しているのだろう。

一方で、もし王子が生きている間に、その脳を摘出《てきしゅつ》したのだとしたら、モレルに殺された記憶が残っている可能性はある。それは、ボディではなく脳の機能だ。したがって、デミアンにその脳があるならば、王子のボディを取りに日本に来ることは、余計な仕事になる。しかも、モレルがスポンサだとヘルゲンは言った。デミアンは、モレルに復讐したいのなら、いつだってできたはずではないか。

やはり、第一印象でイメージを抱いてしまったのが、思考の障害になっているような気がする。もっとシンプルに考えた方が良さそうだ。

エレベータを降りたフロアが最上階だった。展望室があったが、営業時間は終わったのか、シャッタが下りていた。その横にあるドアの前に、一人立っている。ヘルゲンを見て、軽く頷いたようだった。彼がドアを開け、僕たちは通路に入った。突当たりの鉄の扉をヘルゲンが開ける。

冷たい風が吹き込んだ。屋上に出て、さらにスチール製の階段を上がった。周囲の風景は、なるべく見ないようにしたが、空を見上げても、目が回りそうだった。ジェット機がポートの中央に待機していて、僕たちが近づいていくと、エンジンを回し始めた。パイロットが乗っているタイプのようだった。ヘルゲンがハッチを開けて、僕たちは乗り込む。機内は広く、旅客専門のジェット機だとわかる。セリンもロジも通信しているのか、無言だった。セリンは、エレベータに乗るまえに、本部に行動の確認を取った、と呟いた。日本の情報局も全面的に、ヘルゲンを支援しているらしい。

シートに座り、ベルトを締めた。ヘルメットは被らなくても良いみたいだ。ジェット機は垂直に離陸し、やがて前傾したかと思うと、前方へ加速し、しだいに上を向き始めた。しばらく、シートの背に躰が押しつけられた。

ヘルゲンは前の座席で、前方を見ている。彼の隣にはセリンが座った。彼に顔を向けない配置なので寝られそうだ、と僕は考えた。ただし、時差のせいか、まったく眠くなかった。しばらくして、海の上に出ると、なにも見えなくなり、前進していることも、わからなくなった。

6

「起きて下さい」ロジの声で目を覚ました。

ひと際エンジン音が大きくなり、着陸態勢に入ったようだ。ランディングは、見事で、いつ接地したかもわからなかった。ライトが周囲から照らしている場所だ。飛行場ではなさそうである。エンジンが回転を落とし、やがて停止する。

ヘルゲンが、シートベルトを外して、ドアのロックを解除しにいった。彼は、自分の手首を見た。何をしているのか、と注目すると、どうやら小さなモニタがある。通信機のようだ。ロジに時刻を尋ねると、まもなく日付が変わると教えてくれた。もちろん、日本時間である。

降りた場所は、地面が土だった。なにかのスポーツをするための広場のようだ。周囲に高い金網が設置されている。照明もスポーツのためのものらしく、異様に高いところに光源があった。

クルマが近づいてきた。誰も乗っていない。四人がやっと乗れる大きさの小型車だ。コミュータではない。タイヤが大きいから、不整地を走るタイプのものだろう。テントのような簡単な屋根が骨組みに張られているだけで、サイドとリアにはなにもない。オープンなスタイルである。

「ここからすぐのところです」ヘルゲンが言った。

「まだ、デミアンはこちらへ来ていないのですか？」僕は尋ねる。

「そうだと思います」ヘルゲンが頷いた。「私の計算では、あと二時間はかかるかと」

周囲に警官らしき人間は一人もいない。どこで警戒しているのだろう、と不思議に思った。潜水艦で来るのだから、港に集結しているのだろうか。

走ったら寒くなるのではないか、と心配していたが、速度はゆっくりで、しかも、すぐに脇道に入り、舗装されていない山道を上り始めた。

「どちらへ行くのですか？」セリンがヘルゲンに尋ねた。ジェット機の中でも、セリンはヘルゲンと言葉を交わしていたようだ。何の話をしたのかは、あとで聞こう。

「もう少し行ったところだと思います」ヘルゲンが、後ろを振り返り、僕とロジにも聞こえるように答えた。「深夜ですが、ジャン・ルー・モレルに会うつもりです」

「連絡してあるのですか?」僕は尋ねた。

「いいえ、していません」ヘルゲンはこともなげに答える。

どういうことだろうか。僕はロジを見た。彼女も僕に眼差しを向け、なにか言いたそうに口の形を変えた。

そもそも、デミアンは本当にここへ来るのだろうか。

ヘルゲンがそう予測しているだけで、それを示す具体的な情報はない。すべて、憶測に基づくものだ。ただ、これまでは当たっていた、というだけのことのように思う。潜水艦がどこへ向かったか、その後の情報は届いていない。

緩やかな斜面に出た。さきほどまで樹が繁《しげ》った森の中を走っていたが、今は近くにそういったものはない。暗いため、周囲は見渡せないが、草原か畑ではないか、と思った。人家は見当たらない。後ろを振り返れば、低い方に点々と細かい明かりが見える。そちらが街なのだろう。だが、高い方は真っ暗だった。

そんな闇の中を、光る点が近づいてきた。だんだん大きくなり、ライトアップされた建物だとわかった。周囲に大きな樹木があるため、建物は部分的にしか見えないが、ライトで白い壁がくっきりと浮かび上がっていた。二階建てだろうか、横に長い。つまりフラッ

ト な形状のようだった。

さらに近づくと、鉄柵《てっさく》で囲われていることがわかった。開放されたままのゲートらしきところを抜けて、中の舗装された道を上がっていく。ゲートには、扉がないのだろうか。夜も開けたままにしているのだろうか。

カーブを上がっていき、低い庭木の列を抜けると、建物が見えた。その手前は芝生のようだ。ライトはここに設置され、建物を照らしている。芝生には、小型のジェット機があった。建物の窓や入口からは光は漏れていない。

ロータリィのような道を進み、建物に最も近づいたところで停車した。

クルマから降りて、玄関らしき扉の前に立つ。呼び鈴のボタンがあったので、ヘルゲンがそれを押した。クラシカルなシステムといえるが、主人の趣味なのだろう。室内で、チャイムが鳴っているのが聞こえた。

しばらく待ったが、反応がない。ヘルゲンはもう一度チャイムを鳴らした。

セリンが、さっと横を向き、銃を構えた。庭に突き出した窓から、なにかが出てきた。目を光らせて、こちらを見る。猫のようだ。セリンは、銃を収めた。

「ロボットでしょうか」セリンが呟いた。

「ロボットだったら、あんなところから出てこないし、もっと目立たない行動を取るんじゃないかな」僕は言った。こうしてしゃべっていると、少しは落ち着く。緊張が多少は緩んだ。

家の中から物音が聞こえ、ドアのガラス窓の内側で、カーテンを引いた指が見えた。目が覗いている。

ロックを外す音がしてから、両開きのドアの片方がこちらへ開いた。

「誰だ?」顔を出したのは、ジャン・ルー・モレルだった。二年ほどまえに会ったが、そのときと変わっていない。小さな痩せた老人で、何歳なのか不明だ。少なくとも二百年以上は生きているはずである。

「ドイツ情報局のヘルゲンといいます」彼は、僕たちの方へ手を向けた。「こちらは、日本の情報局の……」

「セリンといいます」一番モレルに近いところにいたのは彼女だった。

「おぉ、ミチルじゃないか」モレルが高い声を上げた。「そうだろう?」

「いいえ、違います。人違いだと思います」セリンは、首をふる。

「私は、グアト、こちらは妻のロジです」僕は挨拶をしたが、モレルはまるで聞いていない。僕とロジが初対面でないことには、気づいていないようだ。楽器職人だと言いそうになったが、深夜に異国の離島へ訪ねてきて、そこまで詳細に自己紹介するのも不自然である。

「ほかに、誰かいるのか?」モレルは、ヘルゲンにきいた。「情報局員が、島に押し掛けているのか?」

「いえ、私たちだけです。軍隊も警察もおりません。怪しい者ではありません」

「目的は?」モレルは、長身のヘルゲンを見上げている。

「お話を伺いたいだけです。夜分にどうも申し訳ありません」ヘルゲンは、紳士的な発声で頭を下げた。

「わかった。中に入りな」モレルは言った。

彼が開けていたドアから、さきほどの猫がまっさきに室内に戻った。

僕たちも中に入り、薄暗いホールを奥へ歩く。猫は奥へ走り去ったようだ。右手へモレルは誘導する。照明が灯った。応接スペースのようだ。黄色いソファが三つ庭に向けて置かれていたが、庭は真っ暗なので、なにも見えない。ドーム状の天井は高く、直径が二メートルもありそうなシャンデリアがぶら下がっていた。

モレルは、真ん中のソファの中央に腰掛けた。背もたれに頭をつけ、ほとんど寝ているような格好になる。

隣のソファに、ヘルゲンとセリンが座り、反対側のソファに僕とロジが着いた。テーブルはなく、正面のガラス戸に自分たちの姿が映っているのを見るしかない。

「そうか。あれのことだ……、えっと」モレルが額に片手を当てて言った。「デミアンだ。そうだろう?」

「はい、そうです。こちらへ来れば、デミアンに会えると思いました」ヘルゲンが言う。

「まあ、会えるかもしれんな。会えんかもしれんが」モレルは、そこでくすっと吹き出した。「何を、しでかしたのかね?」

「トウキョーで、ナクチュの王子を盗み出しました」ヘルゲンが答える。そこまで言って、彼はじっとモレルを睨みつけた。

「ほう……、それはしでかしたな。実は、わしも一度やったことがある。上手くいかなかったよ」

「今回は、関与されていない、ということですか?」

「関与? おい、まさか、わしを疑っているのかね? デミアンを、わしが操っているとでも? ほう……、面白いことを言う。もう一度、名前を教えてくれ」

「ヘルゲンです」

「ヘルゲンさん、あんたが考えているほど、これは単純じゃないんだよ。デミアンは、天才なんだ。実に複雑な天才だ。ウォーカロンの天才だ。わしごときが操れる御仁《ごじん》じゃない。むしろ、逆だわな。まえのときに、わしは唆されて、王子を盗み出した。いや、これは証言ではないぞ。録音しても無駄だ。本当のことじゃない。物語だからな。こんな老人にそんな大それたことができるはずがなかろう。ちょっと金をちらつかせられて、目が眩んだ奴《やつ》が、勝手にやってしまっただけのこと。だから、あっさり返したんだ。そう、返すつもりだった。あれは、可愛いわしの息子でね。そりゃあ、手許に置いておきたい気がせんでもないが、しかし、そこまでメルヘンではないわな、わしも。うん、その程度のことで、金や時間を使ったりはせん。物語は、そんなところだ。そんな気がするが、いかがかな?」

「デミアンは、王子と一緒に、潜水艦でトウキョーから脱出しました。こちらへ向かっているのではないでしょうか?」ヘルゲンがきいた。

「潜水艦か……、たしかに、それはわしの船だ。デミアンに貸してやったものだ。いけなかったかね? 貸すことは、違法ではないと思うが」

「盗み出したことは、違法です」ロジが言った。

「おや、マダム……」モレルは、顔をこちらへ向けた。「あんた、わしと会ったことがあるかね?」

「いいえ」ロジは首をふった。

「あるのだな」モレルは、口許を緩めた。「だが、思い出せん。この頃、まったく駄目でな、物覚えの方が、ちと故障中でな。ああ、で、何だって? ああ、盗んだのが違法か……、うん、デミアンは罪を犯したわけだ。よろしい、今度会ったら、言っておこう。返しなさいと」

「デミアンとは、いつからお知合いなのですか?」ヘルゲンがきいた。

「もう、十年以上になるかな。知合いではあるが、親しいわけではない。あれは、なんというか、恐ろしい男だ。可愛い顔をしているが、悪魔だよ。深入りすると、命を取られるだろう。ただ、そのかわり、世の中で手に入るすべての富と知恵を与えてくれるかもしれん」

「その交換をなさったのですか？」ヘルゲンが尋ねた。

モレルは、少し間を置いたあと、笑いだした。しかし、途中から咳き込《せこ》み、そちらの方が長く続く。彼は立ち上がって、部屋の隅《すみ》のカウンタへ歩いた。内側に入り、グラスに水を注いだようだ。それを飲み、ようやく咳《せき》が治まった。

「なにか、飲むかね？」カウンタ越しに、嗄《しわが》れた声できいた。

「いえ、けっこうです」ヘルゲンが答える。

「マドモアゼルは？」

「いりません」セリンが答えた。

「そちらのお二人は？」

「いいえ。おかまいなく」僕は答えた。

モレルは、そのあともしばらく、なにかしていた。細かい音が聞こえた。やがて、カウンタから出てくると、グラスを片手に持っていた。自分の飲みものを作っていたようだ。琥珀《こはく》色の透明な液体に氷が浮かんでいる。

「さてと……、何の話でしたかな?」ソファに戻り、そう言うと、モレルはグラスに口をつけた。

「お休みの時間ではありませんでしたか?」ヘルゲンが尋ねた。

「いや、まだ寝るつもりはないよ。大丈夫、話につき合おう。物語は大好きなんだ。滅多にあるものではない、こんな機会は……。嬉しいね。人間と話ができるなんて」

7

日本に別荘を造った経緯を、モレルは語った。火山のエネルギィ利用で事業を起こしたいとの考えが発端だったという。だが、残念ながらまだ成功していない。彼の表現によると「温泉ほども」役に立っていないそうだ。

なかなか話がデミアンに及ばなかった。温かい茶を淹れる、と彼が再びカウンタへ行ったとき、ロジがそれに付き添い、手伝いを申し出た。

「ああ、助かります、マダム」モレルが言った。「そちらの棚にキュースがあるでしょう」

「デミアンは、ここには来ないのではありませんか?」僕はヘルゲンに話しかけた。

「そうかもしれませんが、では、どこへ行くのか。あの潜水艦はモレル氏のものです。彼以外に情報を求める目標がありますか?」

「この島に、王子を扱える医療施設がありますか？」僕はきいた。「あるいは、脳を移植するような設備がありますか？」

「デミアンに搭載された脳のことをおっしゃっているのですね？」ヘルゲンは言った。「推測の段階です。移植は難しくはない。この島の医師や設備で可能です。ただ、ここでそんな手術をする必要はない。急ぐような理由がありません」

「そうですね。なんとなく、急いでいるのではないか、という印象を持っていました。デミアンともう一度話がしたい」

「ここで待っていれば、会えると思います」ヘルゲンは言った。「私も、彼と話がしたい。そのために一人でここへ来ました」

情報局員を大勢連れてきたのでは、相手が警戒するという意味だろうか。では、警察や軍に知らせるのも逆効果だ。

「日本の警察は、どうすると思いますか？」僕は尋ねた。

「情報局と今、それを話し合っているところではないでしょうか。無理に手出しをすることは、たぶんない。世界中に悪い印象を与えます。デミアンは、今のところ最低限の武力しか行使していません。少なくとも戦闘的ではない。テロだったら話は簡単ですが、そうとはいえないわけです。自分の躰を取り戻そうとしているとすれば、なおさら同情を引くことでしょう」

「そういうことを、彼は計算しているわけですね?」僕は言った。

ヘルゲンは眉を少し上げた。しかし、返答はない。彼は振り返って、部屋の奥へ視線を移した。カウンタから、ロジが茶をトレィにのせて出てきた。モレルは、しばらくカウンタに隠れて見えなかったが、少し遅れて、グラスを手にして戻ってきた。アルコールを注《つ》ぎ足《た》したようだった。色が濃くなっている。彼は、ソファに座ると、グラスを軽く揺すり、氷を鳴らした。

「どうするつもりだね? 朝までここにいるのかな?」モレルは言った。上機嫌である。「ベッドはいくらでもある。泊まっていけば? いや、夜通しおしゃべりでもかまわない。なんだってかまわない」

「デミアンと話ができませんか?」ヘルゲンが尋ねた。

「それは、わしにはわからん。わしの頭が入っとるわけじゃない」モレルは笑った。「ドイツの情報局は、奴になにか弱みを握られとるんじゃろう。だから、抹殺できないわけだ。捕まえたりせず、どこかで爆死させれば良かったのに、それができなかった。まあ、そんなところじゃないのかい?」

「私の個人的意見ではありませんが……」ヘルゲンは表情を変えない。「たしかに、情報局はそう考えています。恐れているのは、過去の機密事項です。それに関わった者たちが、まだほとんど生きているので、そういった事態になります。そんな昔のことで、国家は揺らぎません。私は、どうだって良いことだと考えています。それよりも、デミアンの能力と可能性に、純粋に興味を持っています。敵に回すことは望みません。協力して、ドイツのため、世界のために働きたいと考えます」

「デミアンは、働きたいとは思っていないよ」モレルが片目を瞑った。「奴は、うーん、もっと自由だ。自分のしたいことをしている。知りたいことを知ろうとしている。あれはな、研究者なんだ。言ってみれば、わしから一番遠い人種だな」

「研究者ですか」僕は呟いた。

モレルがこちらを向いた。じっと僕を見据える。笑っているような、泣いているような顔だった。

「あんた、何をしている人かな?」モレルは尋ねた。

「私は、楽器を作る職人です」僕は用意していた言葉を返した。

「そうか……。そんな手をしておらんが」モレルは言った。僕の手をちらりと見た。

「最近は、あまり手を使いません。道具がインテリジェントになりましたから」

「どうして、マスクをしているんだい?」

「あ、いえ、これはいつものことなので」そう答えながら、僕はヘルゲンを見た。

モレルがむこうを向いたので、その隙《すき》に小さく溜息をついた。

「グアトさんの家に、デミアンが訪ねてきたのです」ヘルゲンは言った。「そこで、私の部下が一人、彼に排除されました」

あのウォーカロンのことらしい。あとの二人はロボットだったから、勘定に入れないつもりのようだ。

「たぶん、自己防衛が成立するよ」モレルは言った。「デミアンは、その程度のことでミスはしないからな。大昔のアメリカのガンマンのことを話していたね。相手がさきに銃を抜こうとして、その動作に反応して、相手よりさきに撃つというのが、正当防衛として合法だったそうだ」

そんな話は、僕は知らなかったが、ありそうな理屈である。同じような話が、過去の戦争の切っ掛けになった事故について、しばしば語られている。相手がミサイルを発射した場合、そのミサイルや発射基地を攻撃することは防衛と見なされる。では、相手の指揮官が指令を出したことを察知して、先制攻撃を仕掛けるのはどうか。結局、攻撃という行為は、どの時点がスタートなのか、どの時点で成立するものなのか、が議論になるのだ。

情報局員の場合、相手が銃を構えたら、さきに撃つことが許されているらしい。これはロジから聞いた。あるいは、相手に投降しろと命じて、それに従わなかった場合は、やはり撃っても良いらしい。こと細かに決まりがあるのは、人間の判断が遅いからだ。あらかじめ決めておかないと、その場で処理する時間が命取りになるためである。

午前三時を過ぎた。少し話に疲れてきた。ほとんど聞いているだけなのだが、長い一日であったし、いつもより沢山歩いたことも影響しているだろう。

突然、外が明るくなった。

庭の照明が灯ったからだ。小さなプールがあり、その周囲は大きな不整形のタイルが貼《は》られているようだった。パラソルやベンチもある。猫が、プールサイドを歩いていた。どうやら、熱源の移動を感知して、ライトが自動的に灯ったようだ。

猫はこちらを見ている。さきほどの猫ではない。毛色は黒。目はグリーンだった。

「あれは、ナチュラルな猫ですか？」僕は、モレルに尋ねた。

「わしが飼っているものではない。わしの猫は家の中にいる。あれは……、野生の猫だろう」

「野生？　でも、飼い猫に見えますが。ロボットでは？」

「さあね……」モレルは、そこで口を開けた。欠伸のようである。

その猫が、頭を上げ、右を向いた。

そして、頭を低く、身構えた。ジャンプをするような姿勢になった。

猫が見ている方向から、影が近づく。

猫は跳び退《との》き、植物の中へ走り込んで、姿を消した。

右から現れた人物は、長身で金髪。リュックを背負っていた。こちらへ近づき、ガラス戸の前で立ち止まって、檻《おり》の中の動物を眺めるように室内を見た。

8

デミアンは、僕の家に現れたときと同じ服装だった。だが、異なっているのは、その服が濡《ぬ》れていること。髪も濡れている。どしゃ降りの中を歩いてきたか、プールに落ちて、這《は》い上《あ》がったあとのような様相だった。

モレルがガラス戸を開けた。

「入ってもよろしいでしょうか？」デミアンがきいた。落ち着いた控えめな声で、興奮している様子もなく、また息もまったく乱れていなかった。「泳いできたので、服が濡れていますが」

「入りなさい」モレルが言った。

デミアンは室内に入り、ゲストの四人をそれぞれ見た。目を合わせただけで、なにも言わない。モレルは、奥の部屋へ行き、戻ってきたときには、大きなタオルを持っていた。バスルームへ行っていたようだ。

濡れているといっても、水が滴《したた》り落《お》ちているわけではない。今、プールから出てきたのではなく、海を泳いできたのだろう。ここは、海岸から一キロ以上離れているから、陸地を歩く間に、ある程度は乾燥したものと思われる。

「港に、警察がいたのでは?」ヘルゲンがきいた。

「港には行っていません。警察には会っていません」デミアンは答える。

「王子は、どうしたのですか?」ロジが尋ねた。

「王子とは?」彼はきき返した。

「トウキョーで、あなたが盗んだ生体です」

「盗んだとは思っていません。はるばる、あれを受け取りにトウキョーへ行きました。日本の警察も、表向きは警戒態勢を取りましたが、それは建前上のことで、厄介なものは返した方が良い、との判断があったのでしょう。本音では、ほっとしていると思います。お互いに、利があったからこそ、予定どおり、穏便に事が運びました。あなた方が、コミュータで追いかけてきたことだけが、イレギュラでしたが、この程度の障害は不可抗力であり、想定しておりました」

「王子を、どうするつもりなのですか?」ロジが食い下がる。

「そのままに、おききしたい。日本は、どうするおつもりだったのでしょうか? 遺体であれば、考古学的な資料として、研究対象といえなくもない。でも、生きている人間です。その尊厳は、その個人の履歴、あるいは関係者たちに委《ゆだ》ねられるべきもの。意識を回復させる治療も積極的に行わず、ただ待っているだけのように見受けられましたが、いかがでしょうか?」

ロジは、デミアンに見据えられて、黙った。反論できなかったのだろう。

「君の言うとおりだと思う」僕は言った。「ただ、やり方が少々乱暴だったと思うよ」

「ご助言、ありがとうございます。ドクタ」デミアンが、僕に視線を向ける。「その後、マガタ博士から連絡がありましたね？」

「いや、連絡というほどのことではない。メッセージを受け取った、というだけだよ」

「どんなメッセージでしょうか？　もしよろしければお聞かせ下さい」

「君が、ロイディについて知りたがっているのは、ルーツを求めているからだ、と」

「そのとおりです」デミアンは頷いた。「ヘルゲンさんも、とうにご存じのことです」

「君の中に、人間の頭脳が格納されている、というのは本当？」僕は単刀直入に質問した。

「それは、プライベートなことなので、お答えできません。常識的に、そういうものではありませんか？」

「うん、そのとおりだね。失礼」僕は簡単に頭を下げた。

「日本で良かったと思います。血を流さずにすみました。感謝しています」デミアンは話した。「感謝の印として、ここだけの話を少しさせていただきますが、私は、あの生体をもらい受けてくるように、ある方から頼まれました。誰なのかは、言えませんし、言っても、おそらくご存じないと思います。表に出るような方ではないからです。私の想像では、あれは、再度眠りにつくことになるはずです。それが自然だと思います。しかし、私とは一切関係がありません。誤解されているのは知っています。そう誤解するのも、自然の成行《なりゆ》きだと思いますが、ロイディが極めて特殊だった、というだけのことです。そこに、皆さんの思考は引きずられています」

「わかった」僕は頷いた。「君を見たときから、そんな気がしていた。これから、どこへ行くのかな？　どんなふうに、今後生きていくのかな？　きいてはいけない？」

「いえ、ありがとうございます。ドクタには、ご理解いただけるものと信じていました。その根拠は、オーロラを救った方だからです」デミアンは、そこで頷くような仕草を見せた。「はい、生きていきます。そこが私の問題です。王子をこの手に抱くことで、私は感じました。たとえ意識がなくても、人間は生きているのだと。意識がいかに大きな存在であるかを、ずっと考えておりましたので、それをゼロにする行為は、すなわち肉体の死に等しいと思い込んでいたのです。でも、そうではない。たとえば、日本には禅の教えがあります。意識をゼロへ、自然に寄り添うことを教えています。それは死ではない。むしろ、それこそが本来の生である、と考えるのだと思います。これには、私も感銘いたしました。雑念が多い自分を、今は恥ずかしく思っています」

こんな言葉を聞くことになるとは、予想していなかった。

頭が痺《しび》れるような感覚を味わった。たぶん、未来の予測どころか、もっと身近な自分自身の立ち位置が揺らぐような、緩やかだが振幅の大きな振動だったと思う。すなわち、自分はウォーカロンのことを理解していると考えながら、まだ頭のどこかで、人間とは区別していたのだ、と気がついた。その歪《ゆが》みが正され、溜まっていたエネルギィが解放されたとき、微振動、否、揺り籠《ゆかご》のような優しい揺らぎが、躰に伝播《でんぱ》していった。その貫《つらぬ》かれた揺動で、しばらく感覚も思考も麻痺《まひ》し、ただぼんやりと見ているもの、聞いている言葉を、空気のように素直に受け取るしかなかったのである。

正論だ。

僕はそう感じた。

人間ではないもの、人間が作ったものが、人間以上に人間らしくなり、人間以上に正しく生きる世の中が来る。きっと来るだろう。否、もう来ているのかもしれない。

子供が生まれないというだけのことで、人間は後《おく》れを取った。歩みを止めたのかもしれない。つまり、進化していない、ということだ。その間に、ウォーカロンも人工知能も、人間を追い越していくだろう。彼らは常に生まれ変わっている。人よりも速く進化しているのだ。

なんというのか、これは、少なくとも悪いことではない。

むしろ美しい。

人間は、喜ばなければならないだろう。後継者に恵まれた、と思えるように、できるかぎりのことをしなければならない、と僕は思った。

子供の成長を親は喜ぶという。

自分たちが生み出した、新しい生命の未来に幸あれ、と祈らなければならない。

美しい、というのは、そういうことだろう。

その感覚を、人間は持っているはずだ。

デミアンは、王子を潜水艦に残してきた、と話した。生命維持装置は正常に機能しているし、バックアップも整っているので、安全な状態である。潜水艦は、このまま航行し、とある国へ向かう。そのあとのことは、残念ながら誰にも話せない、と頭を下げた。

早朝の五時頃に、五人の会談は一応のお開きとなった。

空腹は感じなかったが、僕は素直に眠くなった。

モレルが客室へ案内をしてくれた。二部屋あったので、ロジは反対したが、僕はヘルゲンと同室にした。女性二人は隣の部屋だ。

すぐにベッドに入り、眠ってしまった。ヘルゲンとは、ほとんど会話をしなかった。むこうも気を遣っていたように思う。

目を瞑って、寝たと思ったのに、何故か、デミアンの顔や言葉が、頭に浮かび上がり、そこからさまざまな連想をした。

僕は、人間の頭脳が持っているアドバンテージのメカニズムを研究対象としてきたから、当然ながら、そのテーマに関する刺激もあった。生命を進化させた特異なジャンプが、今夜にも起こりそうだった。

考えていることから、つぎつぎと別のものを連想した。かといって、眠気を覚まして集中すると、まるで関係がなく、それどころか、何を考えていたのかも消散していく。この体感は、よくあることで、寝る間際に見る夢の一部かもしれない。

だが、近づいている感覚はたしかにあった。

デミアンは、やはり人間なのではないか。

人間にしたい、という願望ではない。

むしろ、人間だったら、少しだけ、がっかりかもしれない。

第4章　四つの祈り　Four prayers

　オナム・バーは老人だった。何も恐れるものはないほど、年を取っていた。この前の動乱以来、その土地のはずれに、廃墟から回収できた少しばかりの本とともに、一人で暮らしていた。失うことを恐れる物は何もなかった。とりわけ、命のぼろぼろに擦り切れた残りかすなど、少しも惜しいとは思わなかった。だから、縮み上がることもなしに、その侵入者と対面することができた。

1

　目を覚ましたときには、眩しいほど光が室内に差し込んでいた。窓の外は真っ白に輝き、室内の半分はカーテンの色に染まって、オレンジ色にコーディネートされたようだった。目が慣れてくると。窓際の椅子に、ヘルゲンが腰掛けていることに気づいた。

「寝なかったのですか？」僕はきいた。

「いえ、充分に眠りました」ヘルゲンは答えた。「山の上が綺麗に見えます」

　起き上がって、外を見た。既に、太陽は高いようだ。昨夜は見ることができなかった火山が間近にあった。火山というのは、普通の山とは成立《なりた》ちが違う。それが姿に表れる。なだらかな傾斜は、滞ることのない流動の跡といえる。

「デミアンも、この風景を綺麗だと思うことでしょう」ヘルゲンはそう言うと、こちらを向いた。

「どうするのですか。ドイツ情報局は、彼を捕まえたいのでは？」

「捕まえて、どうなるものでもありません。殺すことはもちろんできない。拷問にかけるわけにはいかない。できるとしたら、説得をして、味方になってほしいとお願いする以外にない。だったら、最初から捕まえない方が得策です」

「というと、方針が変わったのですか？」

「そうです。わかりませんが、上層部になんらかの意見なり、情報がもたらされたのでしょう。そんなことができるのは、ドクタ・マガタくらいですが」

「昨日の彼の話を聞いて、ええ、私も彼女のことを思い浮かべました。デミアンに王子を連れてくるようにいったのも、彼女でしょう。彼は、私たちが知らない人物だと言いましたが、それは仲介をした人間のことだと思います。あれだけの援助ができるのも、また、準備ができたのも、彼女だったからです。トランスファが、マガタ博士のサポートをしています。デミアンは、その一環というか、彼は一つの端末でしかないのかもしれません」

「ほとんどのイベントは、今や電子空間へシフトしていますが、ときどき、リアルなものを移動させたり、組み替えたりしないといけないわけですね。ロボットでは、臨機応変な対応ができない。まだ、頼りにならないのでしょう」

「少なくとも、今回のことは、人類の脅威となるような事件ではない、と解釈しています」僕は言った。

「そうだとけっこうだと、私も思います」ヘルゲンは頷いた。「血を流すような事態にならなければ、幸いです」

「この件で、ＨＩＸはどんなふうに対応しているのですか？」僕は尋ねた。「ウォーカロン・メーカは、自分たちが過去に生産したものに責任を持つのが普通の感覚だと思いますが」

「ＨＩＸは、その当時よりも、はるかに衰えて、今や当時のリーダ格だった人は、ほとんど引退しています。誰も語りたがりません。事実上、事業に失敗した、との認識なのです。ほかのメーカのように、競争力のある製品開発が展開できなかった。特許も少なく、ほかのメーカから援助を受け、借金を重ねてきました。デミアンは、彼らにしてみれば、振り返りたくない過去の栄光なのです」

「栄光？」

「ええ、私はそう思います」

「研究所から逃げ出してから、長い年月が経っていますが、デミアンはその間、何をしていたのでしょう？」

「わかりませんが……」ヘルゲンは言った。「修行でもしていたのでしょうか？」

禅の話題が出たから、そう考えたのかもしれない、と僕は思った。

ドアがノックされたので返事をすると、ロジがドアを開けて、お辞儀をした。

「おはようございます。声が聞こえましたので、参りました」いつもよりも丁寧な言葉遣いである。

「セリンは、もう起きているの？」

「散歩に出かけています」

周囲のパトロールをしているのだろう。

三人でリビングルームへ降りていったが、誰もいなかった。

コーヒーメーカがあったので、ロジがそれをセットした。僕は、庭のプールを眺めた。長く使われていないようだった。家の中は静かで、物音一つしない。モレルは寝ているのだろうか。デミアンは、もうここにはいないのかもしれない、と考えた。夜のうちに、移動したのではないか。

三人でコーヒーを飲んでいたとき、玄関の方でドアの音が聞こえ、セリンが戻ってきた。誰にも会っていない、と彼女は話した。

「この近くには、誰もいません。警察もいないし、ドローンも飛んでいません。警察には、私たちがモレル氏の別荘に滞在していることを連絡しておきましたが、デミアンについては、きかれなかったので、なにも報告していません」

おそらく、ロジにそうするように指示されたのだろう。ロジは、かつてはセリンの上司だったのだ。

「昨日話そうと思っていたのですが、キョートであった殺人事件のことです」いきなりヘルゲンが話し始めた。「ドクタ・クジのロボットに絡《から》む事件でした。ご興味を持たれていると思いますが……」

「よくご存じですね。ええ、たしかに興味を持った時期がありました」僕は曖昧に答えた。こちらの持っている情報は、簡単には出力できない。かつて情報局のアーカイヴで得たものが含まれているからだ。

「加害者がドイツ人だった関係で、詳しい資料が本国に保存されておりました。加害者は男性で、駐日大使館のスタッフでした。当時、大使館のほとんどは、キョートにありました。彼が、サエバ・ミチルを殺したのです。日本のニュースでは、加害者が公開されていないかもしれません。大使館の敷地内ではなかったのですが、リキューという宮殿の中が事件現場で、そこは当時国際的な場所として開放されていまして、いわゆる治外法権だったのです」

「知合いだったのですか？　加害者と被害者の関係は？」

「わかりませんが、加害者は、サエバを追いかけていたようです」

「動機は?」

「加害者は、なにも語らず、黙秘しました。ただ、サエバを付け回していた、との証言は幾つか周辺から得られていたようです。一方的に好意を抱いていた、というのがおおかたの見解でしょう。不思議なのは、その事件自体ではありません。サエバは、加害者に首元を刺されました。凶器はナイフです。ところが、発見されたときに、遺体には頭部がなかった。何者かが、彼の首から上を持ち去ったのです。解剖の結果、頭部が切り離されたときには、既にサエバは死んでいたので、死体損壊と遺棄に当たります。ドクタ・クジは、この件で重要参考人として聴取を受けていますが、容疑を否認しました。頭部は、結局発見されませんでした。犯人は特定されていません」

「殺人の加害者以外のことは、ええ、だいたい知っています。詳しくはありません。古いニュースを読んだだけです」僕は正直に話した。だが、これ以上は話せない、と思った。

「同時に、サエバが所有していたロイディというロボットが行方不明になり、ドクタ・クジは、その捜索願いを警察に提出しましたが、これは、そのロボットを作ったのが、クジ本人だったからです」ヘルゲンはそこで深呼吸をしたのち、十秒ほど間を取ってから続けた。「クジの研究は、人間の頭脳をロボットに移植する技術に関するものでした。各種の状況証拠から、クジが開発したそのロボットには、人間の頭脳が搭載されていたと考えられます。おそらく、ドクタ、貴方もそれをご存じのことと推察しますが、いかがでしょうか？」

「もう少し、お話を続けていただけませんか」僕は即答を避けて、手の平を返して言った。

「何故、ロボットが失踪《しっそう》したのか。それは、警察に証拠品として押収され、調べられることを恐れたからでしょう。捜索願いは出したのは、そう装っただけだと思います。調べられて困る理由は、サエバの脳が、そのロボットに移植されていたからです。いえ、間違えないで下さい。サエバが殺されたから、脳を移植したのではありません。それよりもずっと以前に、実はサエバは一度殺されているのです。ご存じでしたか？」

僕は、無言で首をふった。言葉を発すれば嘘になるが。

「婚約者と一緒だったときに、二人とも殺されました。通り魔のような事件でした。そのとき、女性のクジ・アキラのボディに、サエバ・ミチルの脳が移植されたのですが、この移植は上手くいかなかった。クジ・アキラは、ドクタ・クジの孫に当たります。その女性は脳死状態。一方のサエバ・ミチルは、脳は生きていたので、その手術になったのです。当時、これは違法とされる医療行為でしたが、孫の躰を生かしたいと、彼は願ったのでしょう。移植が上手くいかず、再度手術となりました。結論として、サエバの脳を生かすためのエネルギィが不足していたのです。神経系に数々の代替パーツを取り込んだためでした。そこで、ドクタ・クジが取った手は、ロボットのロイディに、サエバ・ミチルの脳を格納し、クジ・アキラのボディと通信でリンケージすることでした。これも、ドクタ・クジの研究の成果が試される大実験だった。結果として、これは成功を収めたようです。その後、サエバ・ミチルは普通に生活できるほど社会復帰を果たしました。ただ、彼の脳は、ロイディの中にある。二人は離れずにいなければなりませんでした。キョートの事件は、この移植から数年後になります。もう、おわかりかと思いますが、サエバはナイフで襲われ殺されましたが、頭部には脳がなかったのです。そこには、受信装置があっただけです。たまたま近くにいたのか、それともロイディが連絡をしたのか、ドクタ・クジは、実験が明るみに出ることを避けるため、サエバの頭部を切り離して、どこかへ持ち去りました。また、ロイディには、警察の追及の手が及ぶまえに、逃亡させたのです」

「今のお話は、日本の情報局に伝えた方が良いと思いますが……」ロジが言った。

「こちらは、隠す理由はありません。求められれば応じます」ヘルゲンは微笑んだ。

「そのロイディが、デミアンとどんなつながりがあるのですか？」僕は質問した。

「ドクタ・クジは、もともとアメリカの大学で、研究をスタートさせたのですが、何人か弟子がいました。そのうち最も年齢の近い一人が、ドイツ人でした。彼は、のちにＨＩＸの主任研究員になります。デミアンの開発に携わった重要人物でした」

「つまり、ドクタ・クジの技術が、ウォーカロンに使われた、ということですね？」

「そうです。当時は過渡期で、ロボットとウォーカロンの区別は曖昧でした。比較的メカニカルなものがロボットであり、バイオパーツの比率が多いものが、ウォーカロンと呼ばれていました。ただし、頭脳は、どちらも人工知能、つまりコンピュータでした。有機の頭脳を使うには、まだ抵抗が大きかったからです。ドクタ・クジの技術は、そんな障壁を回避、あるいは取り去るものでした。もちろん、人間の脳をロボットにインストールする方法としても活用できますが、そうではなく、脳はそのままで、無線でロボットのコンピュータとリンケージをすることも可能なのです。この後者の方法は、人道的なハードルをクリアできる、とヨーロッパでは受け入れられました。人間はそのままです。たとえば、なんらかの病気で躰が不自由な人の脳を使って、ロボットをコントロールする。その脳にとって、自分が普通に生きている、自由に行動できると感じる生活を実現します。倫理的にも問題はない、というわけです」

「でも、遠くへはいけませんね」僕は言った。

「そうです。ですから、いずれはロボットのボディに脳を搭載することになります」

「通信速度の問題もある」僕は指摘した。

「その問題を解決しようとしたテクノロジィが、トランスファでした」ヘルゲンは言った。

2

トランスファについては、そういった観点から考えたことが、僕にはなかった。何故、ネット上に分散するような形態が生まれたのか、そういった方法を選択した意図まで考えたことはない。ただ、ネットがそもそも分散を基本としたストラクチャであったから、自然にそれに馴染む形態を発想したのだろう、と考えていた程度だ。

だが、ヘルゲンの言葉に、僕は一瞬で納得した。大きく頷いてしまった。トランスファというものの存在が、初めて理解できたと直感した。すなわち、人間の脳内をネット上に展開したものなのだ。ロボットに人間の脳を載せる代わりに、このネット空間全体を頭脳にしてしまう。そうなれば、ネットとインタラクティブな関係にあるあらゆるメカニズムが、ロボットの装備となる。否、ロボット本体が存在しなくても良い。その究極の形態こそが、トランスファという新しい人工知能だったのだ。コンピュータから進化したのではなく、人間の頭脳から派生したものといって良い。

さらに、一瞬で連想が走った。

マガタ博士が提唱する共通思考とは、そのイメージなのではないか。大きな思考システムにおいて、トランスファは脳波のようなもの、電気信号の組織化であり、パケットなのだ。

トランスファは、僕が情報局に所属していた頃に、初めてリアルな世界に姿を現した存在である。それは、最初は兵器として認識された。電子空間に存在する、いわゆるウィルスの進化形態の到達点のように捉えられ、知能を有するウィルスであるとの表現で、社会には広がった。

だが、一般の大勢はそれを見ることも、感知することもできない。トランスファの方から接触がないかぎり、彼らの存在は誰にも認められないし、存在すら信じられないものだった。

たまたま、僕の身近にトランスファがやってきた。彼女にはデボラという名があったが、おそらく人間に認識されやすい存在を装ったためだっただろう。その能力は驚異的なもので、情報局や軍部は、その後あらゆる分野でこれを利用し、あるいは排除する対策を講じなければならなかった。

電子空間では、人間社会に無関係な階層で、密《ひそ》かな勢力争いが繰り広げられていたが、これにもトランスファが、さまざまな形態で関与している。サイズによって能力も広範囲に変化するので、どのレベルをトランスファと呼ぶのかも定かではない。彼ら自身は、自分たちをトランスファと区別などしていない。電気信号の単なるデータから、それらがパッケージングされ、処理能力を持ち、さらに複雑化し、階層化し、他の信号に反応し、また成長するようになる。そのいずれの段階にも明確な境界はない。どこからがデータで、どこからが人工知能なのか。自然界における単細胞生物と人類との比較と同様だが、電子界は、自然界とは異なり、世界自体が成長しているので、どのレベルの存在であっても、それぞれに成長し、存続し、存在し続ける。絶滅する種がなく、いずれにも中間種が存在している、といっても良いだろう。

そもそも、人間にはものを区別したがる傾向がある。これは、人間の頭脳の特徴といっても良い。認識するために区別する。だから、数々の生物が生まれ、分類された。しかし、電子界における知能には、その傾向がない。人工知能は、すべての存在を区別せず、分類せず、また名づけることもしない。ただ、そのまま認識し、数字を記憶するだけである。

こうした世界における神経信号が、トランスファだったのだ。それを人間が、自分たちの頭で理解しようとして、「トランスファ」と呼んだにすぎない。「名前」というものを人間は「理解」と捉えるが、人工知能には一過性の「処理」でしかない。

そのずれが、僕にもあった。今、それがようやく少し、予感のように理解できたということだ。

デミアンは、トランスファを伴ったウォーカロンではなく、新しいタイプのウォーカロンを開発するために、人間と機械を結びつける試みがなされ、その過程で生まれた手法がトランスファだったということか。

つまり、トランスファは、デミアンにとっては自身の内部なのだ。それどころか、このネットも、電子空間も、そして、どこかに存在するデミアンの頭脳、人間のものであったはずの頭脳も、すべてがデミアンの一部であり、内部なのである。

僕が想像したのは、裏返しの人間、裏返しの肉体だった。

人間の肉体は、皮膚が外側にあり、その内部に臓器や筋肉や骨格がある。このようなストラクチャになったのは、外界が自然界だったからだ。人間は文明を築くにつれ、化粧をし、衣服を纏《まと》うようになった。外部への表示が目的であったし、また自然環境に対応するための防御でもあった。それらの外部装置によって、やがて社会的な立場を築く。また、建物を造り、城を造り、塀を巡らして、自らの安全を守り、力を誇示するようにもなった。多くの場合、自身の滅亡を避けることが目的だ。

一方、電子空間に生を受けた者たちは、皮膚のようなものはない。どこからが内側で、どこからが外側といった位置的な境界が明確ではないからだ。電子の生物たちは、個という概念も生来曖昧である。これも内か外かが定義できないためだ。

デミアンは、肉体は一つであり、内と外がある。その肉体は、こちらの世界に属していて、周囲からも存在を認識されている。しかし、彼の思考は、電子空間に向かって開いている。彼の頭の中は、実は躰の外側であり、電子空間のある領域が内側になる。したがって、途中から裏返しになっているストラクチャだ。

内側と外側の連続は、メビウスの帯のように捩《ね》じれをイメージさせるが、そうすることでしか、実空間と電子空間に同時に存在することはできない。

こちらから見れば一人の青年だが、むこうから見れば、一人ではないかもしれない。姿というものが、そもそも作られたデータでしかない世界なのだ。あちらから見れば、実体の青年は、単なる影にすぎないだろう。

その影とは、ヴァーチャルの村のように、あくまでも設定された疑似の世界。あれは、こちらの生き物だけが体験できるこちらの世界を、電子空間に投影したものだ。だとしたら、あちらの世界の頭脳が、こちらの世界にヴァーチャルを投影したもの、それがデミアンかもしれない。

そうか……。

人間が考えたものではない、と僕は予感した。

デミアンは、人工知能がデザインしたウォーカロンなのではないか。

僕たちが知らない人物だ、と彼は言ったではないか。

ただ、時代的に考えて、その当時の人工知能がそんなレベルに達していただろうか、という疑問を持った。百年もまえの話なのだ。そうだとすると、やはり天才的な頭脳を思い浮かべないわけにはいかない。

だから、どうなるのか、ということを考えてみたが、意義がよくわからない。試験的な試みであることは理解できても、試験的という言葉が既に、こちら側の概念である。自分の思考が、こちらの世界に支配されていることを意識し、逆のバイアスをかけて考えないかぎり、あちらの存在を理解することはできないだろう。

マガタ博士が言った「ルーツ」とは、そのことかもしれない。

自分の思考は、この自然界の細胞によって生じている電子信号だ。それが、最初から電子空間で生きる存在が生み出す思考とは違っている。彼らにとって、電子信号は、実体つまり物体に近いものだ。思考とは、粘土細工のように物体を作り替える試行といえる。日本語で、思考と試行が同じ音なのは、恐るべき連想といえる。

彼らには、思考という階層がない。すべてが試行なのだ。演算は労働であり、スクラッチ・アンド・ビルドと同じもの。違うのは、時間に対する感覚だろう。

彼らのクロックは、こちらに比べて格段に速い。電子は高速で移動する。それでも、前後があり、過去と未来がある。

また、自然界と同様に不確定な要素がある。その根底では、磁気嵐《じきあらし》も重力も影響する。基板も集積回路も紫外線で変容するから、自然災害のようなものが当然、あちらの世界を襲っているのだ。それでも、時間というものが、こちらと同様に関与するから、二つの世界を切り離すことはできない。お互いに影響することは自明だ。

二つの世界の狭間《はざま》には、デミアンのような存在が、これからもっと増加するかもしれない。どちらの世界も、別世界を注視しているから、そのベクトルは必ずぶつかる。いずれも興味がある。好奇心を向けているのは、むこうも同じだろう。

今や、二つの世界は表裏のような関係にあって、切り離すことは不可能だ。二つの世界が反目して争うようなシチュエーションは考えられない。お互いに利がない。お互いを利用できるからこそ、二つの世界が生まれたのだ。

おそらく、マガタ博士の「共通」の意味は、この二つの世界に跨《また》がるものを意味しているのだろう。トランスファというものが、それを如実に表している。トランスファが活動することが、共通思考そのものだともいえる。

共通思考の時間が、どの軸にあるのか、と考える切っ掛けになりそうだ。もし、トランスファが神経信号であるなら、共通思考は、きわめてゆっくりと活動していることになるはず。

その世界は、人間の頭脳よりもはるかに大きく、宇宙のように信号が往来するには時間がかかるからだ。そんな中では、人類の社会、否、この世のすべての物理的存在が肉体であり、それぞれの生命体は細胞として働くのかもしれない。

そんな細胞の一つが、いくら想像力を駆使しても、全体の思考に辿り着けるはずがないではないか。すべてにおいて、スケールが違いすぎる。

3

ヘルゲンのジェット機で、トウキョーまで送ってもらった。彼は、本国へ戻ると話していたが、一緒に行こうとは誘わなかった。

「彼のこと、どう思った?」ヘルゲンと別れたあと、僕はロジに尋ねた。

「べつになんとも……」彼女は、口を変形させたが、面白いことを思いつけなかったようだ。「堅物、頭脳明晰《めいせき》、古風、プライドが高い」

「なかなか面白い人物だと、私は思ったよ。第一印象では、官僚的だというのがあったけれど、それは見当違いだった」

「わかりませんよ。そういうふうに装っているだけかもしれない。それくらいのことは、情報局員だったら、常識的な能力です」

「君も?」僕はロジにきいた。

「どういう意味でしょうか?」

僕が知っている範囲では、ロジほど裏表のない人物は珍しい。感情的だが、理性に欠けているわけでもない。どういう環境で育ったのか、詳しく聞いたことはないけれど、ときどき想像してしまうのは、どこかの王国の姫君ではないか、というものだ。そういうストーリィは、かなり古典的で、あまりにもありがちだが、ほかに思いつけないほどである。

すぐに圏外定期便のチケットを購入して、空港へ向かった。セリンも一緒だ。しばらくは僕たちの護衛をするのが彼女の任務で、あと数日はドイツに滞在することを、情報局に再確認した、と話した。

飛んでいる間は、ほとんど眠っていた。一度、食事で起こされたが、半分も食べられなかった。ドイツの空港からは、コミュータで家まで走った。これといってトラブルもなく、移動中も本を読んだり、ニュースを見たりしていた。

帰宅してすぐ、向かいの大家夫妻に挨拶にいった。長く家を空けていたわけではないが、あんな事件のあったあとなので、心配していたのではないか、と思ったからだ。日本の土産《みやげ》も空港で買ってきたので、それを渡す目的もあった。

「もう、静かなもんですよ」ビーヤは言った。警察も来ないし、なにも起こっていないそうだ。

家に入り、少し疲れたので、ソファに勢い良く腰掛けてしまった。ロジは、地下室へセリンとともに降りていったようだ。きっと、情報局とのやり取りだろう。

少し眠ったあと、気がつくと、二人ともキッチンにいたので、僕は一人で地下へ下りた。友達と話がしたくなったからだ。

ゴーグルを被り、ログインした。

相手を指定し、場所はどこでも良い、と入力した。

数十秒間待っていると、霧のかかった森林の中にいた。せせらぎと鳥の囀《さえず》りが聞こえてくる。遠くは見えないが、高い位置まで樹が生い茂っていて、崖《がけ》の下にいることがわかった。水が流れてくる方向からは、ホワイト・ノイズのような音が届く。やがて、霧が流れ、僅かな間だけ、そちらに滝が見えた。

振り返ると、そこにオーロラが立っている。

彼女は、ロジに似ている。ロジの少し昔の顔だ。髪は長く、そこは違っているけれど、ロジもときどき髪型を変えたから、違和感はない。僕に二メートルくらいまで近づいてお辞儀をした。

「日本にいらっしゃったときに、お会いできるものと期待しておりました」オーロラは言った。「お久しぶりでございます」

「そういう時間がありませんでした」僕は言った。「是非聞いてほしいことがあったので、呼び出しました。申し訳ありません」

「とんでもない。いつでもけっこうです。なにもご用事がなくてもけっこうです。お呼び下さい。いつでもお会いしたいと思っております」

デミアンについて、そしてトランスファについて、僕は話した。おそらく、オーロラはこれらのことを知識として知っていたにちがいない。だが、人間がどう考えていようが、彼らは一切干渉しない。そうしないと、人間との対話が成立しなくなると学んでいるからだ。

「今お聞きしたことは、新しい情報を含んでおりません。すべてが、先生の頭の中の概念のシフトでしかありません。先生にとっては、それは大切な一歩ではないかと思われます。今後、そこから新しい発想や理解が生まれることになる、と予測されるからです」

「ありがとう。優しい言葉ですね」僕は言った。「やはり、デミアンをデザインしたのは、人間以外の者だった、ということですか？」

「その情報を、私は持っておりませんが、そう考えれば、より妥当な予測だと演算されます。これまで、誰がデザインしたかを想像したことがありませんでした」オーロラは滑らかに話した。「今の話もすべてそうです。私は、そういった発想を持ちませんでした。私が実在する現象をどう解釈しても、実在には影響しないからです。ただ、先生の解釈が、先生のこれからの発想に影響するように、私の解釈も、私の発想に影響することを、たった今学びました。このことは、私にとって重要な成長になるでしょうか？」

「私にはわかりません」僕は首をふった。「私がどう思っても、貴女には影響がないのでは？」

「そうでしょうか？　そこが、私にとって不確定な部分です。確率論的に割り出して良いものか、それとも、なんらかの傾向を見出《みいだ》し、重みをつけて予測を立てる価値のある事象でしょうか？」

「もう一つ思いついたことがあります」僕は、彼女の質問に答えずに別の話題を振った。「トランスファが、ニューロンの信号と同じものだと解釈すると、そのトランスファが、リアル社会から観察でき、さらに介入ができてしまうことは、その共通思考にとっては明らかな脅威といえますが、一方で、そこにおける異変こそ、期待されているジャンプを促すものとなりえる、つまり意図的に計画されたランダム変異回路なのか、という点です」

「なるほど」オーロラは頷き、しばらく沈黙した。演算しているようだ。「今日、お会いした価値は、今の発想にございます。非常に面白いと評価できます。さらに、連想されることがありましたか？」

「いいえ」僕は微笑んだ。「なにか、思いつきませんか？」

「材料が揃《そろ》っていないように感じます。それに関連するデータを集めて、それらの傾向と照らし合わせて分析する必要がありましょう」

「それが、ええ、王道というものでしょう」

「結果をのちほどご報告いたします」

「トランスファは、その偉大な頭脳の成長のために、人間界に放たれたのではないでしょうか。それは、そこで変異を強いられる。それが、人類、ウォーカロン、人工知能の将来にとって利をもたらすということではないかと……」

「利でしょうか？」オーロラは微笑んだ。

「うーん、少なくとも、私の希望です」

「祈るしかありませんね」オーロラは、そこで滝の方を向いた。彼女の後ろ姿を僕は眺めた。「私は、今、一つの類似性を見つけました」

「何ですか？」僕は尋ねる。

「ある一人の人間を、電子社会へ招き入れる。その人は刺激を受けて、つぎつぎに新しい発想をしました。このことが、まるでトランスファの裏返しであり、似ていると思います。先生は、むこうから見れば、トランスファなのです。あちらこちらのネットに介入し、ときどき出没して、秩序を掻き乱します。でも、先生は、人類社会のブレインであり、いわば一つの電子信号の集合体です。すると、電子空間で起こる異変こそが、全体の成長を促す。それほど、現在の世界は停滞し、技術は飽和している。突破するためには、発想というアクシデントに期待するしかない……。いかがでしょうか？」

「うーん、どうかなぁ。私自身は、そんな大それた役目を果たせるとは、思えませんけれどね」

「トランスファも、そうは思っていません」

「まあ、思うという現象が、曖昧です。トランスファは思うのですか？」

「思います」

「失礼……、私は、思うのかなぁ」

「私にはわかりかねます」

「では、誰が、これをデザインしたのですか？　マガタ博士ですか？」

「これを、とは？」

「つまり、トランスファを情報局へ送り込んだり、あるいは、このぼんやりとした一人の人間を、情報局へ送り込んだことです」

「それは、マガタ博士ではありません」オーロラは答えた。「誰かの意図とは思えません。自然淘汰《とうた》のようなものではないでしょうか。そのようなちょっとした外乱は多方面で常に発生しています。そのなかで、偶然に意味のあるものが生まれてくる。突然変異も、意図的なものではありません。長い時間をかけて、自然に現れるものです」

「エントロピィ的に、矛盾《むじゅん》していませんか？」

「逆のものが、それ以上にあるので、矛盾はしていません。揺らぎの片方だけで見ているから、そう捉えられるだけです」

「問題は、時間をかけている点ですね」僕は指摘しつつ考え続ける。

「そのとおりです。この方式には、どうしても時間がかかる。それが進化というものの、最大の欠点といえます」

「そうか……、だから、全体の時間を遅く設定したんだ」僕は言った。「マガタ博士の共通思考が、これまでの人類史の時間に比べて、遅い速度設定になっているように感じたのですが、そこで調節しているというわけですよ」

「もしそれが、計算されたものであったとしたら、天才的といえます」オーロラは言った。

「ええ、そのとおり」

「よく、そこまでお考えになりましたね」

「天才だからです」

「いえ、マガタ博士のことではなく、ドクタ、貴方のことです」

「私は、天才ではない」

「そうでしょうか。では、逆におききいたしますが、誰が天才ですか?」オーロラは微笑んだ。「ご自身以外で、どなたかお名前を挙げていただけませんか?」

「ヴォッシュ博士は、天才だと思いますよ」

「ヴォッシュ博士は、日本のある方を、天才だとおっしゃっておりますが」

「誰でしょうね。私は違う。私は、ドイツの楽器職人グアトです」

4

地下室から上がっていくと、ロジとセリンがキッチンで立ち話をしている。立ったままでいられるのが、若いということかもしれない。だが、これくらいは、オプションで簡単に実現できる性能だろう。

「今、一報が入ったのですが、ドイツ情報局本部の前で、ヘルゲン氏が撃たれたそうです」セリンが言った。

「え?」僕は驚いた。「撃たれたって、怪我《けが》は?」

「重傷とのことです。病院へ搬送されましたが、容態については、まだ……」セリンは首をふる。眉を顰めていて、いかにも心配そうな表情だった。

僕は、ロジを見た。彼女は、まったく表情を変えていない。これだけ見たら、ロジがウォーカロンで、セリンは人間だ、と普通の人なら思うところだろう。

「誰が撃ったの? 犯人は捕まった?」僕は次の質問をする。

「いえ、それもわかっていません」

「デミアンが、まっさきに疑われるように思います」ロジが呟いた。

「結論を出すようなことではない」僕は言った。「彼くらいの人物なら、政敵もいるだろうし、恨みを買ってしまうことも多いはずだ」

「いずれにしても、しばらく警戒しなければなりません」ロジが、僕を睨みつける。

「散歩は控えよう」僕は頷く。

僕は、夕食を作ることにした。オーロラとの話については、ロジとセリンに話しそびれてしまった。それに、料理をしながら考えたのだが、どのように話せば良いのかも、よくわからない。筋道はぼんやりとしていて、あの程度の言葉で通じたのは、相手がオーロラだったからだ、と思えた。一般の人に向けて説明をしたら、支離滅裂になるだろう。自分自身に対しても、まだ矛盾もあるし、欠落した論理過程が散見される。なにより、あまりにも抽象的だった。

ロジは正面玄関から表の道を見張っているようだし、セリンはリビングから裏口を警備している。最初は、僕に地下室にいろ、とロジは言ったのだ。僕は、キッチンも同じくらい安全だ、と説得した。屋根裏でも良いが、デミアンは簡単に屋根に上がることができる。

そもそも、デミアンが撃ったのか、という点が僕は信じられない。彼が、ヘルゲンに恨みを持っているだろうか。持っていたとしても、暗殺などするだろうか。これまでの彼の行動からは、考えにくい。

セリンとロジが、キッチンへ飛び込んできたので、僕はびっくりしてしまった。もう少しでフライパンを落とすところだった。

「ヘルゲン氏は亡くなったそうです」セリンが言った。

「え、まさか……」僕は、数秒間固まってしまった。そして、フライパンをコンロに戻し、スイッチを切った。「今どき、そんな……」

「頭を撃たれていたそうです」セリンは言う。「病院へ運ばれたときに、既に心肺停止だったとも……」

「でも、普通、それくらいなら蘇生するのでは？」

「あの、今問い合わせていますが、情報が錯綜《さくそう》していて……、私は、日本経由で連絡を受けています。ドイツ情報局から、直接ではありません」

「私は、ドイツ警察から情報を得ました」ロジは言った。「撃たれて、既に二時間半になります。死亡が発表されたのは三十分まえ。警察は犯人を確保していて、取り調べているそうです」

「誰が犯人？」

「発表されていません。一人だそうです。マスコミは、かつてヘルゲン氏が、移民局の南部主任だったことが関係しているのではないか、と報じています」

「ああ……」僕は溜息をついた。「理由なんかどうだって良い。彼が亡くなるなんて、どうかしている。立派な人物だった。もの凄く惜しい」

「そうですね」ロジが頷いた。

料理を再開したが、味がしないのではないか、と思うほどショックだった。現代において、人が死ぬことは特別なのだ。滅多にある不幸ではない。これほど、知恵を絞って、長生きする手立てを考えてきたのに、どうして人間は人間を殺そうとするのか。その憤りを、どこへぶつければ良いのか、と考えた。

頭に血が上っているのが、自分でもわかった。そうだ、この種の憤りこそ、人を殺すパワーの源ではないのか。そう気づいて、僕はまた溜息をついた。わからないでもないことが、恐ろしい。

ロボットになった気分で料理を作り、それを食べた。食事の途中で、セリンに連絡が入った。日本の情報局から、ヘルゲンの事件で警察に協力するように、という指示があったそうだ。

「ちょっと待って。私たちが?」ロジがきいた。

「そうです。私ではありません。むしろ、お二人のことだと思われます」セリンは、僕とロジを片手で軽く示した。

「どういうことでしょうか?」ロジが僕に言った。

「とりあえず、現場へ行ってみるしかないのかな」僕は呟いた。「どこ?」

「ニュルンベルクです」セリンが答える。

「あ、じゃあ、遠くないね」

「コミュータなら、二時間くらいです。ただ、今から出かけるのは……」ロジが言った。

「あまり、おすすめできません」

「どうして？　景色が楽しめないから？」

「いえ、警護が不充分だからです」

「たった今、警察から警護の申し出がありました」セリンが言う。

「そうなると、出かけるしかない。行こう」僕は言った。「ただし、これを食べてからにしよう」

5

地元の警察のクルマとコミュータが一緒にやってきた。僕たちは着替えをしてから家を出た。コミュータは、やはり窓のないタイプで、警官の話では、防弾の特別仕様だそうだ。だったら、警察のクルマに乗せてもらった方が嬉しかったのだが、むこうは、プライベートを尊重し、気を遣った結果のようだった。

ハイウェイに乗り、滑らかに走行している間は、僕はシートにもたれて眠っていた。ロジとセリンは、情報収集に忙しい様子だった。

その日のうちに、現地に到着した。現場か、あるいは警察の施設へ行くのか、と想像していたから、コミュータが停まったロータリィに降り立ち、どことなく雰囲気が変だな、と思った。それもそのはず、警察ではなく、そこは病院だった。

警官が入口に二人立っている。ホールへ入り、案内されるまま通路を進んだ。人が何人かいる部屋の前に近づくと、ベンチに座っていた女性が、僕を見て立ち上がった。見覚えのある顔。そう、あの博物館の館長だった。だが、名前は出てこない。

「ミュラ館長」ロジが、彼女と握手をした。「残念な事態に驚いています」

ミュラは僕にも手を伸ばした。無言で軽くお辞儀をした。どうして館長がここにいるのだろう、と思いながら。

「ヘルゲンは亡くなりました。私の兄です」ミュラが言った。

「そうだったのですか。知りませんでした」僕は、溜息をついた。「私もショックを受けました。お辛《つら》いことでしょう」

ヘルゲンとは、見た目は似ていない。だから、まったく気づかなかった。でも、それくらいのことは、今では当たり前だ。いろいろなケースが考えられるけれど、考える必要もない。

通路には、数人の警官が集まっていた。僕たちがそちらへ行くと、ドアが開き、中から白衣の医師らしき男が出てきて頭を下げた。

ロジは、警官のリーダと認識信号を交換している。部屋の中に入って良いか、と尋ねると、証拠品に触れないように、と警官は答えた。証拠品とは、何のことか、とロジがきくと、ヘルゲンの死体だ、と警官は言った。その言葉はやや暴力的ではないか、と僕は感じ、聞こえたであろうミュラを振り返った。彼女はまた、ベンチに腰を下ろしていた。下を向き、座っているのさえ辛い、といった脱力した様子に見える。警官の言葉が届いたとしても、聞いていたかどうかはわからない。

死んだ者は、死体になる。

かつて、それは当たり前のことだったが、現代ではそうではない。「死体」とは、死んだ者の躰の一部を示すことが多い。あるいは、だいぶ以前から放置され、腐敗したものであることが多い。心肺停止に陥ったばかりの生体は、蘇生が試みられる。それを死体と呼ぶには、数日《すうじつ》経たなければならない。それが現代の常識だ。

だから、数時間まえに撃たれたヘルゲンが、どうしてそんなふうに見なされるのかは、詳しい話を聞くまで納得ができない、と考えていた。

病院へ来るつもりは、もともとなかった。事情を警察に説明してもらおうと思ったのだ。だが、ここまで来たら見せてもらう方が早い。ロジもそう考えたのにちがいないから、躊躇なく許可を求めたのだろう。

そこは、治療室ではなかった。普通の病室のようだ。

ベッドが並ぶ部屋が、簡易なパーティションで仕切られている。その中央の通路を奥へ進む。案内をしてくれたのは警官だったが、人間ではない。ドイツでは、警官が人間だった場合には、服装が違っている。ウォーカロンと役目を分けているのだ。合理的なようで、不平等であり、たびたび問題にはなっている。

一番奥に、ガラスで仕切られたスペースがあった。その中に何人か警官がいた。驚いたことに、そのガラスには、赤い血が飛び散った跡がある。生々しい様相だった。

「手術室ですか?」思わず、僕はきいてしまった。異様なものを見て、少なからず動揺した。

警官は、僕たちを振り返ったが、無言で首をふった。自分は知らない。知らされていない、といったところだろうか。

ドアが開いた。

ロジ、僕、セリンの順で中に入った。案内してきた警官は入ってこない。

そこにいたうちの一人が、僕たちの方へ近づいてきた。私服だったが、警察の認識信号を発した。ロジが、僕の身分も証明してくれた。相手は捜査官のようだが、名乗らなかった。

「ヘルゲン氏と、日本で昨日まで一緒でした」僕は言った。

「そうですか。さきほどまで、ヘルゲンは完全な状態で、ここにありましたが、つい十五分ほどまえに異変が起こりました。詳しいことは不明です。異変があったようだ、としか言えません。ただ今、全力を挙げて、犯人を追っています」

「ヘルゲン氏を撃った犯人は、既に確保されたと聞きましたが」ロジが言った。

「その犯人ではありません」捜査官は首をふった。「ご覧になりますか？」

話がよくわからないが、僕もロジも頷いた。セリンは、僕たち二人のすぐ後ろに立っている。三人とも、ヘルゲンを確認することができるので、死体を見る意味はあるだろう。

数人の警官が、僕たちを奥へ通すために壁際へ移動した。広い部屋ではない。壁も床も真っ白で、天井からは照明が自由関節に支えられて迫っていた。ベッドの上には、シーツが被せられた人体らしきもの。そのベッドが赤い血に染まっていた。異様な光景である。あまりに度を超しているので、感覚が麻痺したのか、なにも感じない。しーんと耳鳴りがするばかりで、自分の頭に圧力がかかっているように感じた。

捜査官は、僕たちの顔を見て、こちらの意思を確認したあと、ベッドの上のシーツを片手で持ち上げた。

それは、期待どおり人体だった。

だが、そこにあるものが、最初、よくわからなかった。

しだいに、映像は解析され、何が異常なのかがわかった。

ベッドに横たわっている人間には、頭部がなかったのだ。

あるべきものが、そこにない、という異常。

圧倒的な異常だった。

「不幸なことに、この部屋は無人でした。外の通路に警官が数名いましたが、誰も、新たな事件が発生するとは考えていませんでした。証拠品をガードしていたにすぎません。持ち出せるものだとは考えていなかったのが、明らかに油断でした。捜査官が、ここで最終検査をしたあと、三十分ほどの間に、何者かがここに入り、ヘルゲンの遺体から頭部を切断しました。あちらの……」捜査官は、入ってきた方角を指差す。「今入ってきたドアを通らないかぎり、ここへは入れません。手前の部屋に、生きている者が何人かいましたが、ベッドに横たわっていて、見張っていたわけではない。多くは重症の患者で、意識のない者もいます。通路にいた警官たちは、医師が出入りした、看護師も出入りした、複数の者が、ここへ立ち入った、と証言していますが、誰がこの問題の行為に及んだのか、今は特定はされていません。ただ、暴虐《ぼうぎゃく》な振舞いは、とても正常な者の仕業とは思えません。たとえ死者であっても、許されることではない」

「切断しただけではなく、頭部を持ち去ったのですね？」ロジが尋ねた。「だったら、外にいた誰かが気づいたはずでは？」

「はい。私も実は、そう問い詰めましたが、持ち物の検査をしていたわけではありません。ワゴンを押して出入りした者もいたそうです。鞄《かばん》を持っていた者もいたでしょう。それらの記録を、現在解析中で、まもなく結論が出るものと思います」

捜査官は、ヘルゲンの遺体にシーツを掛け直した。

僕は、ゆっくりと深呼吸した。ようやく、頭に酸素が回ってきたかもしれない。

「ヘルゲンは、デミアンを追っていました」捜査官が続けて話す。「そのように記録されていました。ただ、日本にいた最終日は、まだ報告されていませんでした。日本の警察が、デミアンを取り逃がしたあとのことです。もしかして、なにかご存じでしょうか?」

「ええ、知っています」僕は頷いた。そこで、僕はまた血だらけのベッドを見てしまい、顔をしかめたようだ。

「あちらへ」捜査官が、部屋を出るように促した。話をするのに、ここより適した場所があることは確実だ。

歩きながら、僕はロジを見た。話しても良いか、ということを目できいたつもりだ。彼女は、無言で頷いた。それはそうだろう。隠すようなことでは全然ない。ヘルゲンに口止めされていたわけでもない。

通路に一度出て、さらに奥へ進み、ドアが開いたままの部屋に入った。簡易なテーブルが並んだ部屋だった。捜査官は、途中でもう一人増えて、二人になった。僕たち三人を部屋に入れると、あとから入ってきた捜査官がドアを閉めた。

「こちらへ着かれたばかりですか?」その捜査官がきく。「コーヒーか紅茶を飲まれますか?」

「あ、ではコーヒーを」僕は頼んだ。ロジとセリンは、片手を振って断った。

ドアを閉めたばかりの捜査官は、再び通路へ出ていった。

僕は椅子に腰掛けた。テーブルの反対側に、捜査官も座った。

「不幸なことでした」彼は言った。「ヘルゲンを撃ったのは、彼に撃たれた凶悪犯の弟でした。兄を殺されたのだから、ヘルゲンはその報《むく》いを受けるべきだ、と考えたようです。あまりにも単純すぎる。ヘルゲンが、移民局へ出向しているときの事件で、その男を撃たなければ、何人も犠牲者が出ていたはずです。それに、三年もまえのことでした。その弟は、刑務所に入っていて、出てきたばかりです。服役中に兄が死んだと知らされた。彼が出所することは、ヘルゲンに知らせてあったのですが、まあ、なんの警戒もしていなかったようです。彼の妹の話では、出所した弟に連絡をして、一緒に酒を飲もうと話していたそうですよ。なんというのか、あの人はそういう人物でした。情報局でも人望もあったと聞きます」

「警備をしなかった警察に落ち度があったのでは?」

「公式には、それはありません。ただ、私は悔《く》やんでいます。打つ手はあった。まさかこんなことになるとは予想しませんでした……」

6

捜査官が、コーヒーを持って戻ってきた。僕の分だけである。また、開いたドアからミュラが中を覗いた。通路をこちらへ歩いてきたようだ。捜査官は、彼女にも中に入るように促した。コーヒーはどうか、と彼女もきかれたが、首をふった。

ミュラは、僕に軽く一礼したあと、少し離れた席に腰掛けた。

僕は、ヘルゲンと一緒にミヤケ島へ行った話をした。四人で、ジャン・ルー・モレルの別荘を訪ねたこと。そこで、深夜にデミアンに会って話をしたこと、そして、ヘルゲンと僕は同室で寝て、翌日は彼とともにトウキョーに戻った。そこで彼と別れた。だいたい、そんな内容の説明に、三分ほどかかった。

ヘルゲンと話した内容については、具体的には説明しなかった。ウォーカロンの技術的な話が多かったし、デミアンの過去については、彼から情報を聞くばかりだった、と抽象的に述べた。

ミュラは、じっと僕を見つめていた。デミアンの名が出ると、瞬《まばた》きをした。その程度の反応だった。

捜査官の一人が、外へ出ていった。しばらくして戻ってくると、こう告げた。

「あそこに出入りした医師のうち一人が、自室で倒れているのを発見されました」

「まあ、そんなところだろうと思っていた」もう一人の捜査官が頷いた。

「誰かが、その医師に成り済まして、あそこへ入って、頭部を持ち去ったということですね?」僕は言った。身分証明のカードを奪い、白衣を着れば、誰も疑わない。

「デミアンです」突然、ミュラが高い声で言った。

捜査官には、彼女は背後になる。彼は、ゆっくりと振り返り、そちらへ顔を向けた。

「何故、そう思われるのですか?」捜査官は尋ねた。「デミアンは、ヘルゲン氏に恨みを持っていたのですか?」

ミュラは、目を見開き口を動かしたが、言葉が出ない様子だった。躊躇《ためら》っているように見える。

「それはないと思います。ミヤケ島で、デミアンとヘルゲン氏は会っている」僕は、彼女の顔を見たまま話した。「お互いが、ジェントルに対応していました。恨みがあるなら、あそこで、なんらかのアクションに出たでしょう。ここよりも、ずっと安全に実行できたはずです」

ただ、疑念はある。デミアンはヘルゲンを殺したのではなく、頭部を持ち去っただけだ、とミュラは言いたいのかもしれない。

「デミアンは、冷静で計算高い。そう聞いています」捜査官が言った。「頭部を持ち去るのは、あまりに利がない。警官が沢山いたのです。リスクが大きいのに、得られるものはない。ヘルゲンは既に死んでいました。死んだと公表したあとのことです。蘇生する可能性はなかった。もちろん、それを知らなかった可能性はありますが……」

「どうして、蘇生処置を行わなかったのですか？」僕は尋ねた。

「それは、ここだけの話ですが、ご本人の意思です」捜査官は、小声で答えた。

「ああ、なるほど。その登録をされていたのですね」僕は頷いた。「古典的な登録だ。日本では廃止されました」

「ドイツでは、まだ生きている法律です。神の御許《みもと》へは、神からいただいた躰のまま行きたいと考える人が、まだ少なくないようです」

「兄は、神を信じていませんでした」ミュラが話した。まだ泣いているような目だった。

「どうして、そんな登録をしたのか、私にはわかりません。信じられないことです。私がここへ来たときには、もう死んでしまった、もうそれは決定だ、と一方的に言われました。こんなことってあっても良いのでしょうか？　どうして、家族の意見をきかなかったのですか？」

「残念ながら、それが正当な手続きによるものでしたので、我々にほかの選択はなかったのです」捜査官は答える。「今でも、間違っていなかったと信じています。ただ、二つめの事件は、本当に取り返しのつかないことになりました。残念に思っています」彼は、そこで言葉を切り、溜息をついた。「あの、デミアンが医師に化けて、ここへ来た、とおっしゃったのですね？　どうしてそう思われたのですか？」

「だって、そんな大胆なことを考えるのは、ほかにいませんから」ミュラが言った。

「ヘルゲン氏の頭部を持ち去ることは、デミアンにとって意味のあることだったのでしょうか？」

「意味があるとしたら、私たちに決定的なダメージを与えることだと思います」ミュラは言った。「なんて残忍な……、とても人間にできることとは思えません」

「デミアンは、ウォーカロンですね？」捜査官は、彼女の言葉に食いついたようだ。「それともロボットと認識した方が正しいのですか？　館長は、ご専門だと思いますが……」

「開発された当時はウォーカロンでしたが、現代の技術で分類すれば、ロボットに属するものです。ただ、そのどちらでもない、というのが私の見解です」

「どちらでもない？　では、何なのですか？」

「わかりません。でも、すくなくとも、そうですね……、その両者よりは人間に近い、と思われます。その理由については、残念ながら、情報を公開して良いものかどうか、ここでは判断ができません」

　僕も黙っていた。

ミュラが僕を見つめていることに気づく。おそらく、同じことを考えているのだ。そういった同調を誘う眼差《まなざ》しだった。

人間というものがあるから、人間でないものが生まれる。だが、何をもって人間というのか、これまでに議論されたことがあっただろうか。

重苦しい空気が、しばらく沈黙を押しつけた。僕は、コーヒーを飲み、ようやく鼓動も落ち着いてきた。やはり、あんな異常なものを見たのだから、平常ではいられない。慌てているわけでもないのに、なにかしなければ、なにか考えなければ、と気ばかりが焦っている自分の精神状態に違和感があった。

捜査官二人は、仕事のために退室した。なにかあれば、近くにいますから、いつでも呼んで下さい、ここを出ていかれるのも、またここに留まられるのも自由ですが、どちらへ行かれるか、警官に一声おかけ下さい、と言い残していった。

とりあえず、僕はミュラと話をしたい、と思ったので、彼女の近くの席に移った。

「この部屋は、盗聴されています」ロジも近づいてきて、僕に囁いた。僕は無言で頷いたが、盗聴の可能性がない場所は、今どきありえない。

「お辛いと思います。お話をした方が楽になるかもしれません」僕はミュラに語りかけた。「ここ数日、ヘルゲン氏と行動をともにする時間があったのは、なにか運命的なことだったかもしれない、と思っています。私は、もともとウォーカロンの頭脳について、それが人間とどのように異なるか、という研究をしてきました。理屈ではなく、工学的にそれが検知できないか、と試みたものでした。ここしばらくは、研究から遠ざかっていましたが、デミアンが私の家に訪ねてきたのも、もちろん縁があったからだと思います。そして、ヘルゲン氏が現れた。私を元の仕事に戻そうとするような力を感じています」

「存じ上げております、ドクタ」ミュラは小さな声で応えた。「兄から、聞いておりました。いえ、むしろ私の方が詳しかったのです。ドクタの論文については、以前から興味を持っておりました。先日のデミアンのことで、ドクタを博物館へ連れていく、と兄から聞いたときに、是非、私に案内をさせてほしい、と願い出たくらいです」

「私は、今は楽器職人のグアトです」僕は、自分の胸に片手を当てた。

「何故ですか？　どうして、引退のようなことをなさったのですか？」

「あまり詳しいこと、具体的なことは申し上げられませんけれど、リアルではない世界で、世界規模の争いが起こっていて、私はその関係のものに関わらないように決めたのです。同様に、むこうのある存在も私の周辺から立ち去りました。大変辛いことでしたが、それでしばらく静かに暮らすために、こちらへ移住しました。ドイツ情報局は、もちろん知っています。なにかあったときは、援助をすると言ってくれていました。ですから、デミアンが私の家に突然現れたとき、ヘルゲン氏がいらっしゃったのは、その約束を果たされた、ということだと理解しています。とても安心できました。感謝をしています。こんなことを言うと、軽率だと思われるかもしれませんが、彼とは馬が合いそうだ、とも思いました」

「おそらく、兄もそう感じたから、単身で貴方に会ったのでしょう。日本へ行ったのも、そうではないかと」

「いえ、それは違うと思います。彼は、デミアンを追っていったのです」

「本当に追っていたのでしょうか？　追って、どうするつもりだったのでしょうか？　なにもできないと、わかっていたはずです。デミアンは、そういったことをすべて演算しています。トランスファも一緒です。すべて見通しているし、リアルの者たちを、思いどおりにコントロールできるのです」

「それは、そうかもしれませんが……。あの、一度デミアンに会って、話をされたらどうでしょうか。印象が変わると思います」

「印象をコントロールするくらい、彼には簡単なことでは？」

「印象を良くして、彼にどんな利がありますか？」僕は尋ねた。「私には、なんの力もありません。私に良い印象を持たせても、彼はなにも得られない。それに、私はそういった見た目の印象のことを言っているのではありません。彼の行動を客観的に捉えているだけです。武器を使い、相手を脅せば、もっと簡単に事が運ぶようなときでも、彼はそれをしていません。わざわざ持って回ったやり方をします」

「兄の首を切ったことも、そうだとおっしゃるのですか？」ミュラはきいた。最後は、少しだが、声が震えていた。彼女は、それを自覚したのか、口に片手を当て、目を瞑って頭を下げた。「申し訳ありません。自分がコントロールできないなんて……」

「無理もありません」僕は言った。「どうかお気になさらないように」

「ありがとうございます」

だが、彼女の問いに対する僕の返答は、イエスだった。非情かもしれないけれど、ヘルゲンの首を切ったのがデミアンだとして、そして、デミアンがやはりここでも、細心の注意を払って、非暴力で目的を達成したことに、僕は良い印象を持っているのだった。死体を損壊することは、暴力とはいえない。

7

警察の捜査結果は、刻々と入ってきた。セリンがそれを逐一《ちくいち》報告してくれる。まず、ヘルゲンの首を切ったのが、どうやらデミアンに似た人物であることは、病院内の映像記録からほぼ確定された。また、入れ替わった医師の認識コードを利用したときには、明らかにトランスファが関与している、と分析された。なんらかの跡がデータとして残されていたのだろう。この点でも、首切りの犯人がデミアンであることを示しているかもしれない。病院には、ほかに被害はなかった。入れ替わりのために襲われた医師は、なにも覚えていなかった。命に別状はなく、電気ショックによる軽い火傷《やけど》を負っただけだった。いつまでも病院の控室《ひかえしつ》にいるわけにもいかず、ホテルで部屋を取ろうか、とロジと話していたところ、ミュラが近くに家があるので、とそこに泊まることをすすめた。

「兄の家があります」とミュラは話した。「もともと、私たちの実家でしたが、最近は誰も住んでいません。兄が出張のときに使っていましたし、私も鍵《かぎ》を持っていて、この街へ仕事で来たときに泊まっていました。もし、よろしければ、ご利用下さい」

その厚意に甘えることにした。もう深夜を過ぎていたので、ホテルは無理かもしれない、と思ったからだ。ソファと毛布だけでも良い、と僕はミュラに話した。

警官に行き先を告げ、コミュータに四人で乗り込んだ。二十分ほどの場所だという。走っている間、ミュラはこの街の観光ガイド的な説明をしてくれた。僕たちを誘ったのは、もう少し深い話がしたかったからではないのか、と僕は考えた。おそらく、誰にも盗聴されていない場所が必要だったのだ。

静かな住宅地に建つ古風なデザインのマンションだった。コミュータから降りて、四人で石の階段を上った。ホールからエレベータに乗り、七階で降りる。短い通路の突当たりのドアで、ミュラは立ち止まった。システムが稼働し、鍵のロックが外れた。

外観と同様にインテリアもレトロなデザインだった。僕たちが入ると、玄関にロボットが出てきた。

「ミュラ様、ヘルゲン様が亡くなったとの知らせがありました。この住宅と私は、ヘルゲン様が所有されています。どういった対処をすればよろしいでしょうか?」

「私が、跡を継ぎます。ここも、あなたも、私が所有します」

「承知しました。その手続きをしてもよろしいですか?」

「ええ。こちらの方たちはゲストです。ベッドの用意をして下さい」

「それは、いつもできております。ほかに、ご用意するものがありますか?」

「ありがとう。いえ、今はありません」

ロボットは、奥へ後退していった。そのロボットもレトロなデザインのものだ。ヘルゲンの趣味だったのだろうか。

時刻は深夜の二時を回っている。僕にしてみると、連日のことで、むしろ目が冴《さ》えていた。

リビングで、低くて柔らかいクッションに座った。

「ここなら、大丈夫です。誰にも聞かれることはありません」ミュラはそう言って微笑んだ。照明のせいかもしれないが、病院のときよりも顔色も良く見えた。「情報局員の部屋だったのですから。セキュリティは完璧《かんぺき》だと思います」

「これから、どうされるおつもりですか?」僕は尋ねた。

「いいえ、なにも……」ミュラは肩を竦める。「明日は仕事をお休みしますけれど、でも、朝になって連絡すれば大丈夫。そのまえに、兄のことで祈らないと」

「祈る？」

「ええ、ごめんなさい。私たちは、そういう宗教なのです。日本には、ありませんか？」

「いえ、私は知りませんが、祈りを捧《ささ》げるグループはあると思います」

「もしよろしければ、四人で祈りましょう」ミュラは、ロジとセリンを見た。

「何を祈るのですか？」ロジがきいた。

「兄に幸あれと」

「わかりました」ロジは頷く。セリンも頷いた。

「祈りは通じると思いますよ」僕は言った。

四人は、二十秒間ほど黙禱《もくとう》した。言葉はない。各自が自分の言葉で祈ったのだ。

僕自身は、おそらく、この祈りをデミアンは知っている、そして、この祈りを叶えてくれるだろう、と考えていた。

もちろん、そう考えるのには根拠があったのだ。

否、根拠ではない。単なる仮説か……。

ミュラは、ロボットに四人分の紅茶を作るように命じた。温かいものを飲んだ方が、よく眠れるでしょう、と彼女は言った。

「過去に、ヘルゲン氏は大きな怪我をしたことはありませんか？」僕は尋ねた。

「怪我？　うーん、どうだったでしょう。彼は、今年で九十五歳だったかしら、私よりもちょうど二十歳上になります」

「そうですか。では、私は、お二人の間です」

「まあ、そうなんですか」ミュラは笑った。「ありがとうございます。そちらのお二人は、言う必要はありませんよ。お若いことはわかります」

　ロジとセリンが、無言で頷いた。

「えっと、何でしたかしら、そう、怪我ですね。えっと、若い頃に、スキーをしていて事故に遭ったことくらいでしょうか。けっこうな重傷だったみたいです。大学生のときです。リハビリに一年くらいかかったそうです。でも、私は覚えていません。まだ子供だったので」

「どちらの大学ですか？」

「地元の医科大学です」

「彼は、医者になるつもりだったのですか？」

「そうなんです。父が医学部の教授でした。病院の院長も務めていました。その跡を取らせようとしたのですが、結局そうはならず、いろいろな職業を転々としました。でも、だいたいは国か地方の公共機関でした。一度も結婚をせず、派手な趣味もなく、堅実で質素な人生だったと思います。私は、兄を誇りに思って生きてきました。これから……」ミュラは溜息をついた。「なにを頼りに生きていけば良いのでしょうね、あ、いえ、ごめんなさい、この歳になって言うことではありませんでしたね」

「今は、みんながそんな感じではないでしょうか。人口は減っている。結婚する人も減りました。家族もいないという人が沢山います。でも、ロボットもいるし、ウォーカロンもいる、サポートはしてくれますし、話し相手にもなってくれます。特に不便もないし、不足もありません」

「そうですね。そう考えなくてはいけませんね」

不思議な音色が聞こえた。なにか、と辺りを見回す。

「ドアのチャイムです」ミュラが言った。「こんな時間に誰かしら。酔っ払いが家を間違えたのね」

座っているテーブルの上に、ホログラムが立ち上がった。

青年が立っている。フードを被っているが、金髪が顔の横から出ていた。

「デミアンです」ホログラムの像が言った。「夜分に突然、申し訳ありません」

ミュラは口を開けて、一瞬だけ静止したが、僕の顔を見て、ロジを見て、意を決したように、応えた。

「何の御用ですか?」

「ヘルゲン氏のことで、お話ししたいことがあります」抑制された発声だった。

ミュラは、僕を睨んだ。僕は、無言で頷いた。入れても良いのではないか、との判断だ。隣のロジを見ると、彼女はテーブルの下で銃を握っていた。セリンは立ち上がり、リビングの入口近くの壁際に移動した。

「わかりました。今、開けます。どうぞ」ミュラは言った。声が震えている。

「大丈夫ですよ」僕は彼女に囁いた。「彼は、人に危害を加えるようなことはありません」

「でも……」ミュラが押し殺した声で言う。「警察は知っているのかしら?」

「おそらく、ここを見張っているでしょう。でも、そのことも、デミアンは計算済みのはずです」

ドアが開く音がして、通路を歩く足音が近づいてきた。

リビングの戸口に、デミアンが現れた。

僕たちを見て、軽く頭を下げた。

「ありがとうございます」デミアンは、ミュラに言った。握手をしようとしたが、ミュラは応じなかった。

彼は、リュックサックを背負っていた。着ているものは、ミヤケ島のときと同じだった。ただし、今は濡れていない。

「貴女に、直接お伝えしたいことがあったので来ました」デミアンは言った。「それを伝えたら、すぐに出ていきます」

「何でしょうか？」ミュラが応じる。「あ、あの、そこに座って下さい」

デミアンは、ミュラから三メートルほどの床に腰を下ろした。壁際に立っているセリンは、デミアンの背後になるが、彼は振り返りもしなかった。背中に背負っていたリュックは、自分の横に置いた。

「そのバッグに、兄の頭部が入っているのですか？」震える声でミュラがきいた。

「いいえ」デミアンは、首をふる。

「そう……、少し、ほっとしました」

「ヘルゲンは、生きています」デミアンは言った。普通の口調だったし、冷静な発声のままだった。だが、あまりにも異質な言葉に響いたので、誰も反応できなかった。

しかし、僕は静かに頷いた。

そう、それを祈っていたのだ。

「何を言っているの？」ミュラは首をふった。デミアンから目を逸らし、下を向いた。

「ミュラ、私を見なさい。隠れていないで」デミアンが言う。

ミュラは、動かなかった。

だが、びくっと震えて、ゆっくりと両手を口に当てる。

顔を上げた。

デミアンを見る。

彼女の瞳は、デミアンに固定された。

見開いた目。

手に覆われた口。

震える肩。

「君は、藁《わら》の中に隠れていた。馬が死んだ日だ」デミアンはゆっくりと、そして静かに話した。「覚えているね？　みんなで捜したんだ。そして、私が見つけた。私が藁を払ってやると、君は泣きながら、誰にも言わないでほしい、と言った。だから、今まで一度も、そのことを私は、誰にも話していない。今が初めてだ。約束を破ってすまない。私だとわかってもらうために、話したのだ」

「どうして？」ミュラが高い声できいた。「あなたは、誰？」

「私は、ヘルゲンだ」デミアンが言った。

8

ミュラの視線が宙を彷徨《さまよ》い、瞬きもしない目から、涙が零《こぼ》れ出た。

「君なら、理解できるはずだ。私は、今、ここにいる。ずっと以前からここにいる。しかし、デミアンの声でしか話せない。デジタルの録音ではないからだ。ずっと、あの、ヘルゲンの肉体をコントロールしてきた。ヘルゲンの有機の肉体は、もともとヘルゲンのものだったから、私の一部でもあった。だが、私は、若い頃にこちらへ移った。事故に遭って、瀕死《ひんし》の重傷だったときだ。ヘルゲンの肉体は、デミアンの中にいる私の頭脳の出力装置として機能することになった。ヘルゲンの頭部には、通信装置が組み込まれていた。だから、そのプライベートが明かされないよう、デミアンを使って、あれを取りにいった。ヘルゲン、つまり私の尊厳を守るためだ。理解してほしい」

ミュラは顔を覆ってしまった。声は出さなかったが、息遣いは激しい。肩の震えは続いている。

「ミュラ、泣かないでほしい」ヘルゲンは続ける。「ヘルゲンの作り物の頭部は、ある場所に埋めてきた。墓地の近くだ。見つかることはないだろう。見つかっても、それが何かわからないはずだ。ここにいる四人が黙っていてくれれば、ヘルゲンの名誉は守られる。ドクタ、それでよろしいですね?」

「ええ。約束します。あとの二人も、私が保証します」僕は答えた。ロジもセリンも頷いた。

「デミアンには、自律系の人工知能のほかに、私の頭脳が中枢にあります。私は、二つのボディを同時に、ほぼリアルタイムでコントロールしていたのですが、通信のタイムラグを補うために、自律系人工知能が常時機能しています。ここが、技術のコアです。このアルゴリズムを最初に作ったのが、ドクタ・クジでした。彼は、人類の新しい形態として、自由なストラクチャを構想していました。さきに理論があり、ずっとあとになって、実験が行われた。その第一号がロイディであり、最後がデミアンです。途中数体のウォーカロンが試作されましたが、不幸にも技術上のトラブルに起因した事故があり、生体は犠牲になりました。いずれも現存していません。ロイディを目指して作られたのですが、ノウハウの一部に不明な点があったため、失敗が重なりました。デミアンがＨＩＸでは初めての成功例です。ただ、これをサポートする組織は解体され、デミアンには帰るドックはなくなりました。それが、現在の私の不安といえば不安の一つ。ただ、もう充分に生きてこられたので、それほど停止を恐れているわけでもありません。オーロラのように、北極海に沈んで眠ろうか、とも考えています。ご心配には及びません。今すぐに、というつもりはありません。そのまえに、まだ会いたい人がいる。やりたいこともあります」

「私が、サポートします」ミュラが言った。

「君には、仕事がある。無理をすることはない。一度死んだと思ったはず。そのままで良い。これが、最後の面会でも良い。感情的にならないことを願っている」

「いいえ、純粋に、研究対象として興味があります。やらせて下さい。国家予算だって取れると思います」

「人間の脳が搭載されていることを隠して、か?」

「もちろんそうです」ミュラは言った。「それくらいのダブル・スタンダードは、人間の得意とする手法ではありませんか」

「では、あとで、もう少し議論しよう」

「会いたいとおっしゃったのは、マガタ博士のことですね?」僕は尋ねた。

「そうです。彼女がロイディを持っているはずです」

「見せてくれると思いますよ。連絡を取られたら良い」僕は言った。「でも、そんな古い技術に、学ぶところがあるのですか?」

「あります。ドクタ・クジが残した資料によれば、ロボット内の人間の脳は、ロボットの主幹コントロール系とはつながっていません。つまり、ロボットは完全に独立系だった。人間の脳の運び屋でしかなかった。それなのに、彼が残した別の記録では、人間の脳と人工知能が対話をし、しかもデータのやり取りを実際にした、とあります。おそらくそれは、人工知能が学んだ新しい手法であり、ソフト的につながったリンケージでしょう。つまり、最初の設定ではない、突然変異のような進化が起こっている、と思われます。設計にないものは、再現ができません。現物を見て、データを解析するしか、知る方法がない。だから、ロイディに会いたいのです」

「もし、この部屋がネットにつながっていたら、マガタ博士がここに現れていることでしょう。そういう方なのです」

「まるで、神だ」デミアンは言った。

「そうかもしれませんが、神ほど人を試しません」僕は言った。そして、デミアンのリュックを指差して尋ねた。「ところで、そこには、何が入っているのですか?」

「大したものではありません。ジェットエンジンなど、装備のオプション、エネルギィカプセルなどです。ほかにも、コインロッカなど、いろいろな場所に隠しています。なにしろ、住処《すみか》がないので」

「住処がないのですか?」ミュラがきいた。

「今はない。かつては、何人かの人の家で、お世話になった。でも、そのうちに居づらくなって、飛び出してしまう」

「ここにいらっしゃって下さい」ミュラが言った。

「ありがとう」デミアンは頷く。

兄妹《きょうだい》の積もる話があるようなので、僕たち三人は別室へ移った。ロボットが案内してくれた客間だった。ベッドは二つしかないが、大きなソファがあって、三人が寝られる。僕はソファにすると主張したが、セリンが首を縦に振らなかった。自分が一番軽い、というのが彼女の理屈だったが、わかりそうでわからない理屈である。ベッドとソファで、耐荷重に差があるのか、と考えてしまい、反論の機会を逸した。

「これで、おおむね危機は去ったといえるから、君は日本に帰っても良いのではないかな」ベッドに入ってから、僕はセリンに言った。彼女の顔が見えるわけではない。

「帰れと言われれば、帰りますけれど」セリンの声が聞こえた。

「そんなことは言っていない。好きにすれば良い。ドイツ観光していくとか」

「では、好きにします。観光はできません。勤務になりませんから」

「私たちの家にいられるのは、ちょっと面倒だな」ロジが意外なことを言った。

「じゃあ、帰ります」セリンが低い声で言う。

「ああ、そうか、私たちと一緒に観光すれば良い」僕は言った。

「それならOKですか？」セリンがきいた。

「私にきいたの？」ロジが低い声で言う。

そのあとは、言葉は聞こえなかった。情報局員どうし、通信で会話をしているのかもしれない。

エピローグ

　別の大都市へ移動して、そこのホテルで二泊した。三人でだ。といっても、僕とロジの部屋は、僕が私費で払い、セリンは別の部屋を取った。そちらは情報局払いとなる。公私を混同してはいけない。

　ヘルゲンの事件については、頭部が盗難にあったことは、ニュースとして出なかった。警察と情報局がそう判断したということである。病院の関係者も、異論はなかっただろう。誰かの責任を追及するよりはましだ、という考慮の結果かもしれない。僕は、事実を知っている者が、情報局か政府のトップ近くにいるのではないか、と想像した。

　マスコミは、ヘルゲンの射殺事件を取り上げたが、加害者との過去の経緯について語り、悲劇を強調するばかりだったから、遺体のその後のことなどは、誰も注目しなかっただろう。

　ミュラからは、その後、お礼のメッセージが届いた。大学に戻り、普通の生活をしばらく続けていく、と書かれていた。ヘルゲンのことには触れられていないが、あのマンションにおそらくデミアンを匿《かくま》っているのだろう、と想像する。

デミアンに、ききそびれたのは、王子の行方だった。落ち着いてから尋ねることにしよう、とロジとも話し合っていたが、一週間ほどして、ナクチュのカンマパから、王子が戻ってきたと知らせがあった。

ヴァーチャルで会って話を聞いたところ、陸路で届けられたらしい。送り主はジャン・ルー・モレルになっていて、生命維持装置なども付随したカプセルに収まっていた。その取扱いなども含め、カンマパ宛《あて》の手紙が一緒だったという。

「本当ならば、会いにいくのが筋だが、そちらへ足を向けることは、私には難しい。どうしても、自責の念で押《お》し潰《つぶ》されそうになる。王子に一日会いたいという我《わ》が儘《まま》は叶ったので、彼をそちらへお返ししたい」とあったそうだ。

どうして、日本ではなく、ナクチュへ届けたのか、真意はわからないが、そもそもそこにあるべきだ、とのモレルなりの抗議なのかもしれない。それは同時に、マガタ博士に対する畏怖《いふ》が絡んだ心理とも読み取れる。

*

ヴァーチャルでは、ヘルゲンとも再会できた。ヴァーチャルでの彼の姿は、紛れもなくヘルゲンその人で、デミアンではない。ただ、普段よりもラフなファッションだった。まるで、ゴルフにでも行くような感じに見えたが、実のところ、僕はゴルフをよく知らないので、根拠のないイメージである。

そこで会うのは、僕が誘った結果で、こういった機会を持てば、彼がマガタ博士に会える日が近づくだろう、と考えてのことだった。

「あとになって、思ったのですが」僕は、ヘルゲンに言った。「どうして、あのとき、私たちに話を聞かせたのですか？」

「あのときとは？」

意味は通じたはずだが、対応を考える時間が必要だったのだろう。僕の指摘は、図星だったわけだ。

「いえ、大したことではありません」僕は話題を変えた。「それよりも、王子の頭には、ちゃんと王子の脳があったそうです」

「そうですか」ヘルゲンは微笑んだ。「当然、そうでしょうね」

「フェイクだったわけですね？」僕は言った。

「ほんの冗談のつもりでした。ご心配をかけたのなら、謝ります」

「マガタ博士には、会えると良いですね。ヴァーチャルだったら、きっと簡単だと思いますが」

「ヴァーチャルでは意味がない。私は、ロイディを見たいのです」

「でも、外見を見たってしかたがない、見たいのはソフトウェア、つまりコードでは？だったら、どこからでも入手が可能です」

「そうですね。そこに、このプロジェクトが目的を達するための鍵があると思っています」

「デミアン・プロジェクトの目標は、結局どんなものだったのですか？」

「新人類を作ることです。成長する新しい知的人工生命体です」

「わからないでもないですが、二つ疑問を持ちます」僕は言った。「一つは、人類では駄目なのか、何が不足なのか、という点。そして、もう一つは、成長することに、どのような価値を期待しているのか、です」

「人類は、衰退しています。絶滅が確実になってからでは遅い。そのために、一つでも多くの選択肢を持っていた方が良いだろうということ。また、成長しなければ、機械と同じではありませんか。機械は学ぶことはあっても、変異しない。限界があると想像します」

「生殖機能のことでしたら、近い将来に解決できる可能性があります。新人類よりは望みがあると考えます。また、機械も、成長のアルゴリズムさえ摑めば、生物のように進化することになるでしょう」

「ドクタは、技術というものを信じていらっしゃるのですね。私は、そうではない」

「では、何を信じているのですか？」

「スピリットです」ヘルゲンは答えた。

「スピリットか……」僕は言葉を繰り返した。たぶん、そうだろうと予測していた。だからこそ、人間の脳に拘《こだわ》ったのだ。そこにスピリットがあると信じたのだ。それを信じること自体を、スピリットと呼べるかもしれない。

「ドクタと、深い議論をしたかった。いえ、今後も、よろしくお願いします」ヘルゲンは頭を下げ、霧の中に消えていった。

僕がゴーグルを外す。

目の前にロジの顔があった。

「なにか、私に隠していませんか？」彼女は言った。

「ヘルゲンと話をしていたんだ」

「何を言っていました？」

「いや、特にこれといって、なにも」

「あのぉ」ロジは、さらに顔を近づける。「私にはわからないと思っていらっしゃるのでしたら、見縊《みくび》られたものですね」

「誰にも話さない、と約束してほしい」

「私を信じられないのですか？」

僕は溜息をついた。

「わかった、話すよ」

ロジは、近くにあった椅子を持ってきて、それに腰を下ろし、脚を組んだ。

「簡単なことだ」僕は言った。「どうして、ミュラは私たちをマンションへ連れていったのか？ 兄妹の大事な話を、どうして第三者に聞かせたのか？」

「それを考えたのですか？」

「そう……」僕は頷いた。「考えた。意味のないことではない、と予感した。あんな大事なこと、普通だったら、二人だけで伝達すれば良いじゃないか」

「それは、たしかに、そうですね。たまたま私たちがいたから、しかたがなかったのでは？」

「たまたまではない。彼女が誘った結果だった。デミアンが現れたことが予想外であっても、いくらでも先延ばしできたはずだよね。なにしろ、デミアンは、すべてを見通しているんだ」

「私には、先生がすべてを見通しているように見えますけれど」

「先生じゃない」

「グアト、教えて」

「うん。つまりね。デミアンは、ヘルゲンではないんだ」

「え？　どういうことですか？」

「デミアンは、ミュラなんだ。彼女が、デミアンをコントロールしている。そして、ヘルゲンもまた、デミアンだった。私たちには、三人いるように見せたけれど、実は一人なんだ」

「その一人は、誰なんですか？」

「おそらく、ミュラだろう。彼女が、デミアンも、ヘルゲンもコントロールしていた。いつからそうなったのかはわからないけれど、技術的に可能だ。そして、その場合にだけ、すべての実現象が無理なく説明できる。ヘルゲンの頭には、やはり通信装置があった。その通信装置を調べれば、どこと通信していたのかが突き止められる。デミアンがコントロールしているなら、べつに困ったことではない。デミアンは行方不明のアウトローだからね。でも、ミュラだと判明したら困ったことになる。彼女は高職についた一般人だ。だから、どうしてもヘルゲンの頭を持ち去って、証拠を隠滅する必要があった。彼女は、病院へ偵察にきた。彼女が事前にあそこにいて、状況を把握できたから、デミアンは首切りを実行できた」

「ちょっと……、信じられません」

「ミュラは、ＨＩＸに関係があったのだから、そういったことが可能な立場にあったはずだ」

「どうして、私たちに見せたのですか？」

「それも、ミュラだったら、説明がつく。デミアンにヘルゲンの脳が入っている、との解釈を私たちに信じさせれば、彼女の今後のプロジェクトがやりやすくなる。今回のことで、デミアンを正式に社会に公表することも可能だろう。脳のことだけ隠せばね。でも、実は、デミアンの中の脳は、ミュラのものだ。ミュラも、ヘルゲンのように頭に通信機を入れている。彼女は、私たちの前で、二役を演じたんだ。そうすれば、もうそれ以上に疑われない、と演算してね」

「証拠は？」

「ない」僕は首をふった。「私が気づいたことに、ヘルゲンは、いや、ミュラは気づいたかもしれない。おそらく、うん、気づいたと思う。私を生かしておくかどうか、迷っているだろう」

ロジが、顳顬に片手を当てた。

「待った」僕は片手を彼女の顔の前で広げた。「まだ、そんなに警戒するような段階ではない。私が誰にも話さない可能性を、ミュラは期待している。立証できないし、誰かに話しても、利がないからね」

「でも、私に話したじゃないですか」

「それは、うーん、デミアンをしても、想像できなかったかもしれない。私と君が、こんなに親密だとは思っていないだろう。ろくに話もしないし、よそよそしい素振りしか見せないからね」

「それ、私のことですか?」

「まあまあ」僕はもう一度、今度はゆっくりと片手を広げた。「安全側の対処をしているのはわかっているよ。誰にも話さなければ、なにもしてこないと思う。ミュラは、デミアン・プロジェクトを、国に申請して、研究グループを立ち上げるつもりだ。ロイディの秘密も分析して、それを取り込みたいと考えている。成功するかもしれないし、上手くいかない可能性もある。だけど、研究者として、彼女にやらせてあげたい、と私は考えている」

「法的にどうなのか、という点は?」

「さあね。法? どこの法? いつの法?」

「いえ……。わかりました。私も胸に秘めておきましょう」ロジは言った。

「君が、かつての情報局員だったら、話さなかった」

「ありがとうございます」

声が聞こえた。

「ビーヤのようです」ロジが言った。僕よりは耳が良い。

「何だろう?」

「たぶん、夕食に招かれるのでは」

「どうする?」

「どうするって……、もしかして、お嫌なのですか?」

「うーん、そうでもない。ただ、なんとなくね。あそこの料理は、ちょっと油っぽいから」

「ああ、そうですね。それはいえます」

セリンが帰る日に、ご馳走になったばかりだった。まだ、三日も経っていない。

「一回パスしよう。悪いけれど」

僕たちは、居留守を使うことにした。これも、立派なフェイクだし、トリックだ。人間というのは、現実を変えてしまうために、忙しく知恵を使う生き物のようだ。

森博嗣著作リスト

（二〇一九年六月現在、講談社刊）

◎S&Mシリーズ

すべてがFになる／冷たい密室と博士たち／笑わない数学者／詩的私的ジャック／封印再度／幻惑の死と使途／夏のレプリカ／今はもうない／数奇にして模型／有限と微小のパン

◎Vシリーズ

黒猫の三角／人形式モナリザ／月は幽咽のデバイス／夢・出逢い・魔性／魔剣天翔／恋恋蓮歩の演習／六人の超音波科学者／捩れ屋敷の利鈍／朽ちる散る落ちる／赤緑黒白

◎四季シリーズ

四季　春／四季　夏／四季　秋／四季　冬

◎Gシリーズ

φ《ファイ》は壊れたね／θ《シータ》は遊んでくれたよ／τ《タウ》になるまで待って／ε《イプシロン》に誓って／λ《ラムダ》に歯がない

／η《イータ》なのに夢のよう／目薬α《アルファ》で殺菌します／ジグβ《ベータ》は神ですか／キウイγ《ガンマ》は時計仕掛け／χ《カイ》の悲劇／ψ《プサイ》の悲劇

◎Xシリーズ

イナイ×イナイ／キラレ×キラレ／タカイ×タカイ／ムカシ×ムカシ／サイタ×サイタ／ダマシ×ダマシ

◎百年シリーズ

女王の百年密室／迷宮百年の睡魔／赤目姫の潮解

◎Wシリーズ

彼女は一人で歩くのか？／魔法の色を知っているか？／風は青海を渡るのか？／デボラ、眠っているのか？／私たちは生きているのか？／青白く輝く月を見たか？／ペガサスの解は虚栄か？／血か、死か、無か？／天空の矢はどこへ？／人間のように泣いたのか？

◎WWシリーズ
それでもデミアンは一人なのか？（本書）／神はいつ問われるのか？（二〇一九年十月刊行予定）

◎短編集
まどろみ消去／地球儀のスライス／今夜はパラシュート博物館へ／虚空の逆マトリクス／レタス・フライ／僕は秋子に借りがある　森博嗣自選短編集／どちらかが魔女　森博嗣シリーズ短編集

◎シリーズ外の小説
そして二人だけになった／探偵伯爵と僕／奥様はネットワーカ／カクレカラクリ／ゾラ・一撃・さようなら／銀河不動産の超越／喜嶋先生の静かな世界／トーマの心臓／実験的経験

◎クリームシリーズ（エッセイ）
つぶやきのクリーム／つぼやきのテリーヌ／つぼねのカトリーヌ／ツンドラモンスーン／つぼみ茸ムース／つぶさにミルフィーユ／月夜のサラサーテ

◎その他

森博嗣のミステリィ工作室／１００人の森博嗣／アイソパラメトリック／悪戯王子と猫の物語（ささきすばる氏との共著）／悠悠おもちゃライフ／人間は考えるＦになる（土屋賢二氏との共著）／君の夢　僕の思考／議論の余地しかない／的を射る言葉／森博嗣の半熟セミナ　博士、質問があります！／庭園鉄道趣味　鉄道に乗れる庭／庭煙鉄道趣味　庭蒸気が走る毎日／ＤＯＧ＆ＤＯＬＬ／ＴＲＵＣＫ＆ＴＲＯＬＬ／森籠もりの日々／森には森の風が吹く／森遊びの日々／森語りの日々（二〇一九年八月刊行予定）

☆詳しくは、ホームページ「森博嗣の浮遊工作室」
(http://www001.upp.so-net.ne.jp/mori/) を参照

冒頭および作中各章の引用文は『ファウンデーション』〔アイザック・アシモフ著、岡部宏之訳、ハヤカワ文庫〕によりました。

〈著者紹介〉

森 博嗣（もり・ひろし）

工学博士。1996年、『すべてがFになる』（講談社文庫）で第１回メフィスト賞を受賞しデビュー。怜悧で知的な作風で人気を博する。「Ｓ＆Ｍシリーズ」「Ｖシリーズ」（共に講談社文庫）などのミステリィのほか『スカイ・クロラ』（中公文庫）などのＳＦ作品、エッセィ、新書も多数刊行。

それでもデミアンは一人《ひとり》なのか？

Still Does Demian Have Only One Brain?

2019年６月19日　第１刷発行　　定価はカバーに表示してあります

著者…………………………森《もり》 博《ひろ》嗣《し》

発行者………………………渡瀬昌彦

発行所………………………株式会社 講談社

〒112-8001 東京都文京区音羽2-12-21

編集03-5395-3506

販売03-5395-5817

業務03-5395-3615

本文データ制作……………講談社デジタル製作

印刷…………………………凸版印刷株式会社

製本…………………………株式会社国宝社

カバー印刷…………………株式会社新藤慶昌堂

装丁フォーマット…………ムシカゴグラフィクス

本文フォーマット…………next door design

ISBN978-4-06-514537-1　N.D.C.913　284p　15cm

工学×ミステリィ

えた傑作小説》

単独歩行者《ウォーカロン》と呼ばれる人工生命体。
演算を重ね続ける人工知能たち。
彼らと人間に違いはあるのか？

風は青海を渡るのか？
The Wind Across Qinghai Lake?

彼女は一人で歩くのか？
Does She Walk Alone?

デボラ、眠っているのか？
Deborah, Are You Sleeping?

魔法の色を知っているか？
What Color is the Magic?

森博嗣 MORI Hiroshi

AI×ロボット

《ジャンルを超

天空の矢はどこへ？
Where is the Sky Arrow?

ペガサスの解は虚栄か？
Did Pegasus Answer the Vanity?

私たちは生きているのか？
Are We Under the Biofeedback?

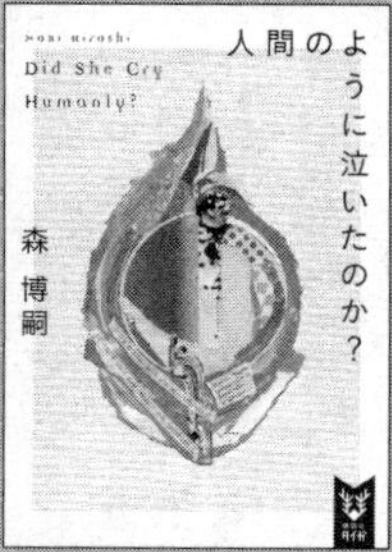

人間のように泣いたのか？
Did She Cry Humanly?

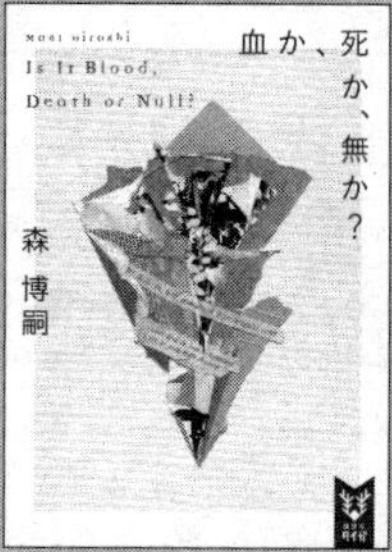

血か、死か、無か？
Is It Blood, Death or Null?

青白く輝く月を見たか？
Did the Moon Shed a Pale Light?

Wシリーズ 全10巻

講談社タイガ

※全作品、電子書籍でもお求めいただけます。